Vittai Danhoff

radar love

Bibliografische Information der Deutschen
Nationalbibliothek: Die Deutsche Nationalbibliothek
verzeichnet diese Publikation in der Deutschen
Nationalbibliografie; detaillierte bibliografische Daten sind
im Internet über dnb.dnb.de abrufbar.

© 2016 Vittai Danhoff
3. Auflage
Herstellung und Verlag:
BoD – Books on Demand, Nordersted

ISBN: 978-3-7392-3322-2

Inhaltsverzeichnis

Flügelrauschen

Verstummt sind all die Worte nun, da Ohren sie nicht hören können. Herz fließt über noch und noch. Mit geschlossenen Augen sitzen, um nicht zu sehen, wo flackernder Kerzenschein Chimären an Wände wirft. Im Raum liegt Musik, schwerer noch, das Herz zu stillen: Tangerine Dream. Lebendig sind die Bilder noch in diesen Wänden, Lachen klingt noch wahr aus einer schattenlosen Zeit. Hände weich und warm, der schöne Mund noch schön, schön die Worte. Schön wie die Augen und das endlos warme Weich der Haut.

Das alte Spulentonbandgerät brummt leise, nur das Rascheln und leichte Schleifen des sich drehenden Bandes mischt sich unter das Dröhnen der Musik. Der Geruch von Räucherstäbchen und altem Paraffin füllt den Raum.

Auf einer kleinen Kiste, die als Tisch dient, steht das Stövchen mit starkem schwarzem Tee. Das Hochbett wie ein Dach, über der Sitzecke aus alten Matratzen, gebaut aus alten Kanthölzern und Dielenbrettern. Die Bretter auf den schmalen Schultern durch S- und Straßenbahn balancierend durch halb Berlin getragen und die Treppen ganz nach oben in die eigenen vier Wände geschafft.

Oben war genug Platz, genug für vier. Lag man oben, fiel der Blick hinunter auf die Straße, die Straßenbahnhaltestelle und die eiligen Menschen, die da warten auf einen andren Ort und der da wartet auf sie. Die keine Zeit zu haben schienen, Zeit für ein Hallo, die nicht hinaufkamen, fremd blieben und manchmal schön. Der nahe Kirchturm teilte die Zeit mit seinen Glocken in immer halbe Stunden. Hier floß sie nicht, kam in Portionen, unbarmherzig laut, daß man das Fenster schließen mußte, oder die Lippen, bis die Wächter der Zeit verstummen und wieder vergessen wurden.

Es gab keine Leiter hinauf ins Bett, man mußte zuerst auf einen Stuhl, dann aufs Klavier, um nach oben zu kommen. Dieses eine Zimmer nur, in dem man steht, wenn man die Tür öffnet und durch einen Vorhang in die kleine Küche gelangt, in der das Geschirr leise klirrt, wenn die Straßenbahn fährt. Eine alte Zinkbadewanne dient zum Wäschewaschen und Baden. Wasser aus einem großen Kochtopf, das auf dem Gasherd warm gemacht wird.

Als sie zu viert das alte Klavier in den obersten Stock wuchteten, hatten die Hausbewohner vorsorglich die Polizei gerufen: es habe eine Anzeige wegen Ruhestörung durch lautes Klavierspiel gegeben. Sie gingen wieder, als sie sahen, daß das Klavier noch nicht einmal in der Wohnung war. Die Türen neugieriger Hausbewohner schlossen sich, als die Polizei wieder abzog.

Es ist die mittlere Wohnung von dreien auf der obersten Etage. Die Toilette eine halbe Treppe tiefer. Die Tür die einzige im Haus, die auch außen eine Klinke hat. Meist nicht verschlossen, so daß man einfach eintreten kann, willkommen war man immer. An der Tür eine schmale Rolle Papier für Mitteilungen. Daneben an einer Schnur ein Bleistift. Fast immer hinterlassen Leute ein paar Krakel, manches unleserlich und kaum zu erkennen, von wem. Andere malten etwas oder schrieben kleine Gedichte.

Oft war Besuch da, zum einen kamen die Leute, weil sie unter sich sein wollten und noch keine eigene Wohnung hatten, andere wollten reden oder einfach nur hören, wenn er Klavier spielte. Manche blieb, schlief ein in einer Umarmung, einem Streicheln. Die Hände so behutsam, Küsse zaghaft nur, mit großen Augen voller Träume. Strahlende Blicke, die die

Dunkelheit erhellten mit ihren Fragen, ihrer Sehnsucht, ihrer Wärme.

Es war seine erste eigene Wohnung. Mit 17 war er eingezogen, hatte sein altes Leben hinter sich gelassen, das Heim, in dem er aufgewachsen war, die Eltern, die ihn nicht liebten und ihm einst den Namen gaben, den er haßte. Er wollte ein neues Leben, einen neuen Namen, einen neuen Anfang. Jetzt war er Teufel! Jemand hatte ihn zum Spaß so genannt, nun nannten ihn alle so.

Abends ging er zur Jungen Gemeinde in die Kirche, spielte Tischtennis oder hörte Musik. Meist saßen sie bis früh und diskutierten bei billigem Rotwein oder schwarzem Tee und Schmalzstullen über Gott und die Welt. Auf einem dieser Diskussionsabende lernte er Charly kennen. Sie hatte von ihm gehört und sprach ihn an.

Sie saßen noch lange an diesem Abend. Er war fasziniert von ihr, hatte er doch noch nie vorher ein Mädchen getroffen, mit der man so über alles reden konnte. Gleichzeitig hatte sie so ungeheuer viele Probleme, sie schien den ganzen Schmerz der Welt auf ihren schmalen Schultern zu tragen. Schweigend hörte er zu, was hatte er ihr auch zu sagen, sein Leben hatte doch eben erst angefangen.

Er fühlte sich wohl, in diesem neuen Leben! Er war aus seinem alten herausgetreten und hatte es hinter sich gelassen, wie ein Schmetterling, der nicht mehr Raupe war. Auch Charly war für ihn ein neues Leben, ein Neuanfang! Eine Welt voller Lachen, voller Schönheit, voller Farben und Musik. Ihre Sorgen und Nöte wirkten so klein gegen das, was er in seinem Herzen trug.

Ich mag ihre viel zu großen Augen, ihr lautes Lachen. Die Art, wie sie Zigaretten dreht. Wenn sie spricht, spricht alles an ihr, ihre Hände, ihre Haare. Ihre Haare sind überhaupt das wundervollste an ihr: eine Pracht schwarzer, unbändiger Locken, die ihr bis über die Schultern fallen. Selbst der Regen schien ihnen nichts anhaben zu können. Meist hatte sie ihre Haare mit einem Gummi hinten zusammen gebunden, was ihr das Aussehen einer Pastorin verlieh. Wenn sie dann noch beim Sprechen mit dem Zeigefinger wippte, war der Vergleich perfekt.
Öffnet sie jedoch ihre Haare und bewegt dabei den Kopf um ihnen Raum zu geben, springen tausende von winzigen Girlanden in alle Richtungen und streckten ihre winzigen Fühler in die Welt und werden zum Teppich, auf den der Himmel sich legen konnte und die Sonne darin ihre müden Strahlen in Gold

verwandelt. Ihre Haare sind wie ein Strauß voller Blüten. Ihr Duft war warm.

Ihre Leichtigkeit war es, die die Schwingen in mir hervorlockte, Schwingen, von denen ich bisher nichts gewußt, seit meiner Kindheit immer nur geahnt hatte. Mächtige Flügel, die hinauf zu den Sternen trugen. Schon als Kind hatte ich die Gewissheit, daß es das geben mußte – noch namenlos, wurde die Säure in meinen Adern zu Blut - warm, pulsierend. Ich war geboren, zum ersten Mal! Zum ersten Mal schien die Welt mich willkommen zu heißen! Meine Augen, noch ungewohnt ans Licht – öffneten sich langsam, blinzelnd, sehend - folgten ihrer Bestimmung, wurden zu strahlenden Sonnen.

Meine Hände wurden zart, begannen zu fühlen, wo vorher nur fassen war. Die Haut weich und strahlend – eine Raupe hatte ihren Kokon verlassen... Ich war Drache, war Schmetterling, war Engel, wollte bei ihr sein, fühlen, streicheln, eintauchen, erwachen, sie in den Armen halten, ihre Augen, ihr Haar spüren, riechen. Wir sahen uns immer öfter, wurden in immer länger werdenden Gesprächen vertrauter. Konnten nicht mehr ohneeinander und kamen, in unseren Berührungen noch immer sanft und vorsichtig, einander näher.

Sie blieb bei mir. Ich streichelte – oft stundenlang ihre Haare, ihr Gesicht, atmete ihren Duft, wenn wir nebeneinander lagen. Sie wollte nicht mit mir schlafen, sie hatte ihre Gründe, ihre Erfahrungen. Ich zwang mich, sie nicht zu bedrängen, versuchte ihr Zeit zu lassen, versuchte zu verstehen. Verstehen gab es nicht! Nur warten, harren. Manchmal betrank ich mich, litt unter ihrer Zurückweisung. Heulte wie ein Hund den Mond an, wenn sie nicht dabei war. So wurde er zu meinem Verbündetem, meinem bleichen Bruder. Ihm klagte ich meine Sehnsucht, flehte ihn an.

Charly nahm ihn mit zu ihren Eltern, stellte ihn vor. Ihre Eltern waren unglaublich freundlich, es gab Kuchen und Kaffee. Sie wollten wissen, was er tat, fragten dies und das. Diese freundliche Atmosphäre war ihm unbehaglich, er fühlte sich nicht wohl in dieser Welt, in der alles willkommen schien, alles gut zu sein schien. Beim Tischgebet mußte er an seine Großmutter denken. Sie war der einzige Mensch, der für ihn Kindheit bedeutete, der einzige Ort, wo er zu hause war, sich geliebt fühlte. Auch sie war Christin, betete jeden Tag und vor jedem Essen. Sie dankte ihrem Gott für all die Gaben, versuchte in allem nur das Gute zu sehen – dabei war sie so krank, lief an Krücken, hatte Schmerzen und quälte sich, wurde schließlich blind, bekam Krebs und Diabetes. Es schien ihm falsch und verlogen, an einen solchen

Gott zu glauben und dankbar für ein solches Leben zu sein. Er dachte an seinen Vater, der stets unzufrieden mit allem war und ständig schimpfte, der wollte, daß die Dinge besser werden und überall Ungerechtigkeit und Falschheit sah. Um wie viel ehrlicher erschien ihm doch eine solche Haltung.

Nein, im Heim hätten sie nicht gebetet, antwortete er höflich. Sie hatten Verständnis und waren voller schweigendem Mitgefühl. Er haßte sie dafür.

Mehr als zwei Monate hatte es gedauert, bis sie endlich mit mir schlafen wollte, ich hatte sie lange im Arm gehalten und gestreichelt, bis sie es sagte und sich auszog. Voller Erstaunen und ungläubig schaute ich ihr zu, sah und spürte ihren Körper, ihre Brüste, ihren Bauch. Ich sog ihren Duft, ihre Wärme ein und überdeckte ihren Körper mit mit unzähligen Küssen. Sie war unglaublich schön. Meine Sehnsucht, mein Warten war verloren im Rausch, im Atmen, in einer einzigen unendlichen Berührung. Meine Nase in ihrem Haar, meine Lippen auf ihrer Haut, mein Herz in ihrer Hand, verloren im Mond, irgendwo hinter den Sternen. Als sie mit geschlossenen Augen lag, alle Sehnsucht ein Ende hatte, nur ein Lächeln noch auf ihren Lippen spielte, streichelte ich noch lange ihren Rücken und malte mit dem Finger, schrieb Sinniges und Schönes auf ihre warme Haut. Manchmal erriet sie etwas, bis sie mit großen Buchstaben ICH LIEBE DICH auf meinen Rücken schrieb. Ihre Lippen flüsterten, daß sie mich nie verlassen würde und immer mit mir zusammenbleiben würde.

Sie waren ein Paar, waren unzertrennlich. Sie besuchten gemeinsam Konzerte, Lesungen und Gottesdienste. Wo sie auftauchten, wurden sie herzlich begrüßt: Charly und Teufel sind da! Wer sie nicht kannte, hatte von ihnen gehört und wollte sie kennenlernen. Adressen und Einladungen wurden getauscht. Andere Städte, Verabredungen auf Campingplätzen auf Rügen und Hiddensee ebenso wie in Prag und Budapest. Sie trampten, schliefen bei Fremden, die ihnen ein Bett für die Nacht und manchmal ein Frühstück gaben. Sogar Geld steckte man ihnen gelegentlich zu. Mit dem Tandem zur Ostsee, zelten. Überall wurden sie mit offenen Armen und Herzen empfangen, es wurde getanzt, gelacht, Geschichten erzählt. Wenn Charly und Teufel tanzten, schauten andere manchmal einfach nur zu.

Die Augen schließen und tanzen. Verloren sein in Musik und Bewegung. Vergessen und Sein, den Körper spüren, seine Kraft, seine Energie. Für Stunden diesen Körper, diese Liebe. Charly ist da, mit geschlossen Augen wiegt sie sich in der Musik, mit bloßen Füßen schwebt, webt, zarte Muster in die Luft, verborgene Symbole. Es ist unser Tanz, eine Umarmung, ein Taumel der Liebe, nur tiefer, nur schwereloser. Es ist wie zusammen schlafen, küssen, streicheln, unzählige Male, ohne Ende! Ich liebe dich! Ich spüre, wie diese Liebe mich durchströmt, mich immer wieder neu zum Leben erweckt – endlich lebendig, endlich angekommen in diesem Leben, zu Hause in der Welt und zwischen den Sternen. Bin selbst Teil davon geworden, endlich geboren, als Mond, als tanzender Stern!

Manchmal wenn er nach Hause in seine Wohnung kam, saßen darin Leute, die er nicht kannte. Sie hatten sich Tee gekocht, saßen und schwatzten. Du bist bestimmt Teufel, fragten sie. Deine Adresse hat uns der und der gegeben und gesagt, wir könnten bei dir schlafen. Sie fragten auch nach Charly. Meist kam sie später noch hinzu. Geredet und geraucht wurde bis in den frühen Morgen, der jeden völlig übermüdet und glücklich mit sich nahm, zur Arbeit, Schule oder Weiterreise nicht ohne neue Adressen, Namen und Orte.

Die Liebe zwischen Charly und Teufel war gewachsen. Sie träumten zusammen von einer Zukunft, sprachen über Kinder, stritten über die Namen. Machten Pläne, wo sie hingehen wollten.

Wollten eine Kommune gründen, in der Platz für Freunde und Begegnungen war. Das Haus sollte offen sein für jedermann, ob jung ob alt, voller Tanz, voller Musik und Geschichten.

Wieder und wieder eintauchen, fühlen. Eintauchen, versinken im Meer unserer Körper. Nicht müde werden zu streicheln, zu fassen. Sie nie müde wurde, zu genießen, ja zu sagen, immer wieder ja. Unendliche, weiße, unentdeckte Landschaft ihres Körpers, nachzuzeichnen all die schönen Linien ihres Gesichtes. Nachzuzeichnen die wundervollen Linien ihres Körpers, ihrer Brüste. Immer wieder eintauchen in ihr endloses, duftendes Haar, das wie schäumende, tosende Wellen meine Finger umspülte, sie undinengleich mit sich in die Tiefe zog und schaumgeboren wieder gebar. Ich liebte es, zärtlich zu sein, mit meinen Händen, meinen Lippen sie vorsichtig zu entdecken.

Sie hatte die Augen geschlossen, im Geist schien sie zu tanzen, nackt, barfuß, an den Ufern ferner Sterne. Tauchte ins Mondlicht, schwebte über Zeiten und gebar einen Nachmittag im Sommer. Lag ausgegossen in all ihrer Sinnlichkeit und Schönheit, verloren in Laken und Kissen. Der Mund, die Lippen ein vergessenes Lächeln. Die Schatten unserer Zärtlichkeit noch nicht verflogen, nahm ich einen feinen Pinsel und Farbe und begann, ihren Körper zu bemalen. Zentimeter für Zentimeter eroberte eine Vegetation aus endlosen Linien und verworrenen Mustern dieses wundervolle unentdeckte Eiland. Mit winzigen kitzligen Berührungen entstanden feine unzählige zarte Blätter und Blüten, verziert mit Küssen auf ihrer warmen Haut und begannen zu atmen, zu blühen.

Nicht lange nach diesem Nachmittag im Sommer, der Herbst war gekommen, sagte Charly, daß sie sich von ihm trennen wolle. Teufel war fassungslos, fragte warum. Sie wisse es nicht, antwortete sie, sie möchte einfach noch einmal jemand anderen kennenlernen. Sie wollte schon immer mal mit jemandem zusammen sein, der blond ist und blaue Augen hat.

Teufel bat sie zu bleiben, flehte sie an, sagte ihr, wie sehr er sie liebe. Sie ging.

Noch viele Wochen lief er hinter ihr her, wollte mit ihr reden, überall hieß es, sie ist nicht hier ...

Alle sagen, ich müsse sie endlich vergessen.

Es soll kein Vergessen geben! Nicht eine Sekunde, einen Augenblick mit ihr! Was machte das alles für einen Sinn, ohne sie? Leben wir nicht genau dafür, glücklich zu sein, für ein Leben voller Liebe,

Zärtlichkeit und Wärme? Wozu sind uns unsere
Träume denn gegeben, sind wir nicht Sternenkinder,
um mit unseren Schwingen aus Träumen zwischen
den Sternen zu Hause sein. Werden unsere Augen
denn nicht erst schön durch unsere Träume? So oft
hat sie gesagt, ich hätte Sternenaugen!

Jetzt war die Leere da, warf Schatten an die Wände.
Der Zauber war verflogen, zerbrochen in Scherben,
tausende von Scherben. Keine Tränen, wo waren
Tränen? Müßten sie doch überfließen, den Schmerz
ersticken, die suchenden Augen erblinden. All die
alten, kalten Bilder, die Dunkelheit der Kindertage
sind wieder da, wo es keine Tränen gab, nur
Schmerz. Zerbrochen die Flügel, vor Sehnsucht
gelähmt. Das ist nicht Leben, das ist Sterben!

Loslaufen, rennen durch endlose Straßen, barfuß im
Schnee, nicht die Kälte des Eises kann das heiße
Herz kühlen! Die toten Fenster der nächtlichen
Häuser flüstern ihren Namen, überall konnte sie in
fremden Armen liegen. Jeder Baum, jedes Blatt
schien von ihr zu erzählen, wußte von ihr, kannte sie.

Andere Körper, nur flüchtig und kalt, Berührungen,
die nicht bis ins Herz reichen. Verführt und
schmutzig, die Augen schließen, nicht mehr atmen
müssen! Andere Menschen sind nur Schatten, geben
nicht Wärme. Ihre stumpfen Augen, die den Glanz

der Sterne längst vergessen haben, deren Herz die Liebe nicht kennt. Kalte Hände, kaltes Lachen, ihr Mitleid so klein, daß es für sie selbst nicht reicht, haben sie auch ihre Träume längst vergessen. Mondlicht brennt, brennt mit kalter Flamme, frißt Erinnerungen, zerstörte Landschaft im Schnee. Die Wärme auf Friedhöfen suchen, Namen lesen, mit ihren Geschichten das Innere füllen, das sich nicht füllen läßt, nur hungert. Flügelbewehrte kleine Putten mit toten Augen sollen Engel sein! Habt ihr jemals vermocht zu fliegen, wart ihr zwischen den Himmeln, den Sternen zu Hause? Wo sind meine Flügel, wo ihr stetiges Raunen und Rauschen? In der Stille wächst nur noch die Sehnsucht mit ihren dornenbewehrten Blüten.

Nach außen war er ruhiger geworden, er besuchte wieder Leute, verschenkte seine Plattensammlung. Der Glanz und das Strahlen in seinen Augen war verschwunden. Niemand schien darauf zu achten, sie glaubten, er hätte sich wieder gefangen.

Einige Tage später fand man ihn tot auf dem Boden liegend, in seiner Wohnung. Der Arzt stellte eine Überdosis Barbiturate als Todesursache fest.

Charly fand schließlich ihren blonden Blauäugigen. Sie wurde schwanger. Er ließ sie noch während der

Schwangerschaft sitzen und zog davon. Sie vergoss unzählige Tränen über ihrem runden Bauch, den sie nicht mochte. Sie zog ihr Kind allein auf. Auch als ihr Kind – nun schon erwachsen – das Haus verließ, war sie immer noch allein.

radar love

Prolog

schlafende Prinzessin

Mi, 16. März, 12:41

Lieber Frosch, ich habe den Ritter in die Wüste geschickt. Pronto & no return.

Bis Freitag Tofu

Lieber Gärtner! Vielen Dank! Ich hab mein Geburtstagsgeschenk schon heute nacht ausgepackt und mich sehr gefreut!

Und gelacht.. . Dankeschön!! Phantasievolle Umarmung zurück vom Besen

Der Mond steht in der Badezimmerluke, hat mir zugenickt,

Die Armatur küsst sich eiskalt siedend heiß.

Ende Prolog

Vigilie

Erwachen

Ich hoffe, Du bist Dir wohl und
wohlauf.
Ich drück Dich und küsse Deine
wunderbaren Lippen.

Still wird meine Lyrik und
verkriecht sich hinter den Mond.
Bis morgen Dein Nachtfalter

Hätte ich Dich küssen dürfen, Du Tarnfalter?
Ich küsse Dich in Gedanken - das ist auch
schön ...

Ich möchte andocken & Pause drücken.
Vehement.

Geht's auch so, daß ich mal was
verstehe von dem, was Du möchtest?
Ich glaube, Du hast Angst, daß ich
ja sage...

Ich möchte Dich berühren, umarmen, küssen von
oben bis unten; mindestens elf mal, Dich
anschauen, zuhören wie Du Nase putzt & mir
vorstellen, wie Du Heidelbeeren in den Mund
jonglierst.

Falls das Ende der Welt mit dem
Fahrrad erreichbar ist, würde ich
Nase schnäuzend Dir noch heut bis
dahin folgen...

Heute nacht träume ich nochmal von Dir & stelle
mir vor, wir liegen einfach nebeneinander & ich
vergrabe meine Nase in Dir. Und sage ab & zu
was Lächerliches.

bin immer noch ganz besoffen von Dir
- muß wohl an Deinem Kaffee
liegen...

Kaffee? MAGIE! Seelenverwandtschaft und 500
snogs in paradise on an appletree – womöglich

Ich bin so verknallt in Dich, daß es
fast an Zauberei grenzt! Oder liegt
es doch am Kaffee? - dann sollte ich
vielleicht öfter bei Dir Kaffee
trinken!!!

Ach Mann, ich mag Dich. Werde die amouröse
Energie ins Künstlerische umleiten & Dich zur
Muse nehmen. Wenn ich mich mal traue, würde
ich Dich gerne zeichnen.

Guten Morgen! Ich hab von Dir geträumt, die
Sonne scheint. Wünsch Dir nen schönen Tag!

In Gedanken bei Dir werde ich von
meinen 2 kleinen Engeln mit ihren
Riesenflügeln und ihren Sternenaugen
umflattert und mit allerlei
Schabernack bedacht.

Bin auf dem Weg...

Jippieh - ungestüme lalülala-Grüße aus der
depressiven Pampa mit sieben Küssen!
(vier kriegt das Pferd)

Wenn ich Dich als Single getroffen hätte, hätte ich
Dir ins Ohr geraunt "los, Du Psycho, laß
uns nach Islay fahren, Whiskey trinken & auf
unserem squarefoot Land ein
RIESENGEWÄCHSHAUS bauen & ab und zu mit
mir die Highlands oder einen anderen Hügel
runterkullern. Knutschend. Ein Elbhang täte es
auch. Unterm Apfelbaum küsse ich Dir
anschließend ausgiebig die blauen Flecken weg.

Keine Sekunde hätte ich gezögert!
Mit Dir nach Islay und in die Pubs
von Glasgow würde ich gern auch
jetzt noch...

Na dann WANN? In zehn Jahren ist zu lang. Mein
Plan:

Part one: Abflug Fr. 6. Mai 6.35 Uhr Ankunft
Glasgow 15.35 /
Rückflug So. 8. Mai 14.25 Uhr - ich freu mich!

...träumst vom Fliegen? Gern würde
ich mit Dir nach Glasgow!
Schlaf schön träumende
Mondprinzessin!

Los. Sag ja. - Muß ja nicht sofort sein. Aber jedes
Jahr auf Eis wär ne enorme
Stromverschwendung. Ich wünsch Dir ne schöne
Nacht & stecke verbotenerweise meine Nase
hinter Dein Ohr. (ätsch)

Träumen ist erlaubt
Einen Tag voller Sterne und Prinzen
und Frösche. Ja!

Ich kreise nicht nur mit der Hüfte an Dir & um
Dich & ab heute möchte ich immer auf Dir liegen
& fühlen wie wir passen. Außerdem hast Du mich
schöngeküßt. Und während des Films haben die
Schmetterlinge im Herz looping gedreht, daß Dir
sowas gefällt. Ich kann´s nicht fassen, daß wir
uns getroffen haben.

Ich sehnsüchtel mich also langsam runter, stelle
aber in der Wanne fest, daß mir jetzt schon Dein

28

Naseputzen fehlt. Kann ich das auf Kassette
kriegen? Zum Entzug?
Ich wünsche Dir eine schöne Nacht und auf
einem entfernten Stern küsse ich Dich ausgiebig.

Mondblüte

Ich schwebe heute übers Land. Bin morgen wieder in der Stadt & eventuell auf dem Boden... - bis dahin knutsche ich Dich alle Stunde an den verschiedensten Stellen unter Hemd und Hose. Der erste Kuß fängt gleich jetzt hinter Deinem rechten Ohr an. Augen zu und los... .

Hab Dein Bild zum träumen, dann die Mondprinzessin, die mir zwei Sterne und elf Küsse schenkt. Kann Dich zu Ostern nicht sehen!

Ich dachte insgeheim, wir sehen uns Samstag-Mittig-Ostern. Ansonsten hab ich den Luxus, daß mir irgend ne nette Gestalt von auswärts nachts schnuckliges Bildmaterial von Dir zukommen läßt. endlich kann ich mir die Dreigroschenromane sparen... .

Oh Mann, ich möchte Dich sehen. Mit Anlangen. Ich hoffe auf den Osterhasen, daß er Dich einfach schnappt, ohne Diskussion & her katapultiert.

Bin auch schon ganz verzweifelt, bis Samstag ist noch so laaaaaaang

Hast Du abends Zeit? Ich bin bis mindestens 16 Uhr als Sterntaler engagiert. Danach können wir durchbrennen. -

Sternenprinzessin, ich fahr mit den Kindern zur Oma, erst Montag zurück. Würde lieber durchbrennen wie ne alte Glühbirne, Leuchte, Glühwurm

Liebe Glühbirne, hab Schicht im Laden. Komm doch vorbeigeleuchtet vor Sonnenuntergang. Bittebittezackzack.

Ich kann mir nie wieder meine rechte Schulter waschen. Die riecht nach Dir und ich knutsch mich gleich selbst. Laß uns zusammen einschlafen. Ich oben. Logo!

Bing! Es dämmert. Guten Morgen! - ich glaube, ich lag die ganze Zeit wach auf Dir und habe gekreist. Rechtsrum. Alle Libellen haben jetzt Drehwurm. Schönen Tag!

Oh und in der Ferne läuten Osterglocken zum Vogelgezwitscher & rotem Streifen am Himmel. Gegenüber der Mond halb & hell. Puh. Ich hab Gänsehaut & knutsch Dich.

Ich knutsch Dich Küken. Happy
Easter. Hier ist alles voller
Hühner!

Oh ja jetzt! gleichzeitig. los! jippieh. (ohne
Klamotten bitte)

Habe keine an!

Ich ooch nich...

Ich glaub, ich kann nicht mehr in die Stadt ziehen.
Es ist herrlich früh auf den Wiesen, Feldern und
im Wald. & die Lerchen zwitschern. Oh Mann!
Inniger Knutsch zwischendurch mitten in der
Pampa.

Liebste Pampamuse, Ich hoffe doch,
ich kann heut noch was von Dir
abknabbern.

Bin leider schon mit den Eingeborenen
verabredet ... und noch'n Knutsch.

Schade

Durchs Labyrinth geirrt die ganze Nacht, Prinz
endlich gefunden!
rutsch ran, knutschen!

Dein Hemd & ich springen nun endlich in die
Gemächer, nachdem wir uns den halben Tag
angeschmachtet & zusammengerissen haben.

via Mail: Dir zur Liebe
   da ich mir nicht so recht sicher
   bin, ob ich mein Hemd beneiden oder
   Dich bedauern soll, halte ich mich
   mit frechen Bemerkungen über Deine
   SMS besser zurück und lasse Dir nur
   durch dünne Drähte gequetschte,
   leicht zerknitterte, völlig
   verdrehte, digitalisierte, in Einsen
   und Nullen verwandelte, mit Mond-
   und Sonnenlicht betupfte Schmatzer
   zukommen.

Zwischenbericht: lieber Mondprinz, komme
langsam wieder in die Erdatmosphäre,
Einmal küssen. O.k.?

11 - bitte...

Hm. Sehr schön. Geht doch. - los geht's.

Los. komm rum, küssen. Elfmal.

In 45 Minuten mein geduldiges
Engelchen.

Wahrscheinlich schlummerst Du
schon ...
träume schön und guten Morgen!
Fühl Dich geknutscht!

Tagträume, Badewannenträume, Bettträume:
Dich riechen, anlangen, angucken, Hand
zwischen Beine stecken, frierend fingergefüttert
werden - jahrelang auf niedersorbisch,
scheißegal, her mit Dir & wenn Du mich einmal
im Stehen so anguckst wie im Liegen, fall ich um.
obersorbisch, eindeutig.

Knutsch auf Deinen Bauch, Du
Traumfrau

Guten Morgen, Traummann! Wieviel von der
Medizin soll ich denn schlucken?
Wünsche Dir einen herrlichen Tag!

Na soviel, daß Du jung, schick und
Kopfwehfrei bist. Mit Anti-Kröten-
Elixieren eher vorsichtig!

Gut, Schnuckel - werde mich bemühen an Deine
knackigen 29 ranzukommen.

Wohl, wohl mit wallenden Haaren bis
zum Po, das ganze Programm! Ich
besorg mir nen Toupet und dann

stechen wir in See, zum Mond und
zurück - baden im Glück!

Falls das mit dem Toupet länger dauert, kannstes
auch lassen. Mir gefällt Glatze seit ner Weile. Wir
könnten Dir nen Heiligenschein aus
Wiesenblumen basteln, falls es Dich im Glück
nach Kopfbedeckung verlangt.

Bevor wir ins Nirwana wandern: könntest Du mir
vielleicht helfen, mein Internet in Gang zu
bringen? Ich blick nicht durch.

mach ich gern, hab heute den ganzen
Vormittag Zeit. Einen schönen
Morgen!

Das ist toll! Kommst Du bitte vorbei?

Wo?

Bei mir zuhause

Schlaf schön, Du glücklichste Frau
der Welt! Ich hoffe, Dein Kopf ist
wieder heil?

Also.Ich habe den Superman platziert. Aber:
wenn er keinen Satz mit Subjekt-Prädikat-Objekt

bilden kann ODER die Katze anpöbelt, muß er gehen.Wenn Du meinst,es fehlt ein Mann in meinem Bad, dann komm doch öfter duschen!

Mein glücklichstes Spieglein auf der Welt! Guten Morgen. Kopfweh weg - Tage da.
Fühl Dich liebevoll angehaucht & poliert! Deine Mondprinzessin

Bin angehaucht und poliert - das perfekte Badassesoir! Stell Deine Dusche doch etwas beziehungsfreundlicher auf, dann kannst Du schon mal das Wasser laufen lassen!

Passende Duschen suchen Prinz & Prinzessin immer zusammen aus. Schlummer schön, elfmal geküßt, vornehintenobenunten. - Mittig.

Hast Du morgen Lust/Zeit, mit mir ein paar Bilder aufzuhängen?
Gegen 11. Elf Küsse inklusive.

Gern, muß nur noch einen Patienten umbestellen. Müßte dann wahrscheinlich geg. 14:00 wieder hier sein. Wäre das machbar?

Ich geh noch was trinken mit ner Freundin &
komme dann vorbei. Ab wann?

Gestern!

Ich küsse Dich seit 04.58 wach und muß Dir
Tiefschürfendes ins Ohr raunen: Du bist genau
das, was ich mir immer gewünscht habe. Freifall.

Lieber Mann! Ist das herrlich, nach Dir zu riechen
& neben Dein Hemd zu fallen!
Heaven.

Meatloaf im Radio - not wahr...

Meet love
not wahr?

Yes! Indeed.

Die Bilder hängen erstklassig & gehen Hand in
Hand mit den Muffins. - der Rest macht
Gänsehaut.

Na Du Ausstellungs-i-tüpfelchen, ich
möchte Dich heut gern noch sehen!

Wir gehn noch was Essen & dann würd ich Dich
auch gern sehen. Im Gewächshaus.

Kannst Du Leonard mitbringen?

juchu. eine sms! Der Herr: ICH BIN GLÜCKLICH
MIT DIR. gestern war ich einfach gerädert. Ich
wünsch Dir nen schönen Tag mit Luftballons! Elf
Knutscher!

Danke, hab ich gebraucht!
Knutschback eleventimes
Sorry Kindergeburtstag...

Ich hab Dich - (tausend Stempel langen nicht)

Dem Pferd gehts gut! Hab meine Nase im Fell,
Blick bis ins Erzgebirge, die Pferde dampfen vom
Regen. Alles in mir pulsiert zu Dir.

Schmier gerade 200 Bemmchen und seh
ins Abwaschgebirge, meine Gedanken
sind auch nicht hier...

Tapfer... - zur Belohnung trinken wir das nächste
Bierchen hier aufm Wasserfaß. Aussicht, Idylle, 8
charmante Rösser. Du darfst nen Luftballon
mitbringen.

Und beim Knutschen sieht uns hier - kein
Schwein. Herrlich

via Mail: elf Küsse + Link http://bcove.me/j2dqjt9t,
(Jeff Buckley, Halleluja)
    Ich schlaf jetzt und träume von
    Belohnung...

    Hm. Ich bin schon dabei... .Würd Dich gerne
    anschauen, anlangen, ansaugen. Und
    Löffelchenstellung die ganze Nacht.

via Mail: Re: elf Küsse
    schneuz, heul

via Mail: what a beautiful day
    (mit Bildern vom Ausstellungsaufbau
    im Anhang)

via Mail: Re: what a beautiful day
    an dem Tag war es glasklar,
    was mir auf der Fahrt nach Texas schon
    schwante.
    und Jeff Buckley singt es.

    Kuß Kuß Kuß Kuß Kuß Kuß Kuß Kuß Kuß Kuß
    Kuß !!!!!!!!!!!
    ach, und gute Nacht oder guten Morgen natürlich!

    Ich überüberschleck Dich, überall!
    Verrat mir aber, wo's am schönsten
    ist - muß ich wissen, muß Dich
    verwöhnen!

39

Überall. Und am Ohr. Ganz langsam.

Wann?

Um 2

Bei mir wird geputzt. Hol Dich also
ab?!

Yes! Und wo lassen wir die Hüllen fallen?

Ach, ich kriech einfach unter Deine Jacke & saug
mich fest. Kriegt keiner mit.

Hab die Putze woanders putzen
geschickt & warte jetzt auf Dich.

Bist Du gut im Texten? Wir könnten das Buch
doch zusammen machen?! Mir geht´s nicht so
von der Hand. - vielleicht fehlen die 11 Küsse
heute.

Die 11 Küsse fehlen definitiv! Auch
wenn es nicht daran liegen sollte,
helf ich Dir gern! Ich bauchknutsch
Dir

Ich brauch n Konzept, sonst wirds zu wirr. & nen
Profi in Sachen Psycho. & 11 Küsse zum

Beflügeln. Anstatt Bleistift annagen. Schmecken besser. Schonmal 11 vorab!

Morgenknutsch! Heut Nacht haben wir zack-zack die Texte gesponnen, was ein Spaß, aber keiner hat mitgeschrieben, seh ich grad. Schissebächl! einmal ranrutschen

Dear Superman, ich habe großes Verlangen, Dich länger als aufn Eis zu sehen absehbar. Any chance beside Saturday? - dann haben wir doch Sonntag Zeit fürs Wasserfaß, oder? Bis dahin genieße bitte ALLE Küsse, die Du von mir kriegst, Nieselprimbaby. 5 zum Frühstück!

Lieber Mann, ich glucker vor Glück!

```
Whyskiebesuch war da, bin völlig
besoffen mit Cole de Isla.
Möchte Dich abschlecken bis Du auch
so besoffen bist wie ich - miau
```

Liege völlig besoffen vor Glück im Hotel Jörns, kriege die Apokalypse auf französisch vorgelesen, knutsche Dich auf 1km Luftlinie miau. - aaah oui!
Die Apokalypse schnarcht. Auch so wär ich hellwach.- Ich glaube an die große Liebe. und ich

weiß genau, Du bist es. (Widerspruch sinnlos).
7Morgenküsse& 4miaus!

...mit Straßenlärm übergossen, vom
Dönermann vor „scheiß deutsche
Wetter" beschirmt, vollgedönert...
mehr, mehr, Meer, ein Meer aus
Butterfudge inmitten der Apokalypse,
sag Ronny zu mir, ich bin der 5.
Reiter

Ich halte Deinen Po fest, zieh Dich so eng ran,
wies nur geht, komm, wir kreiseln, und auf dem
Wasserfaß bei Sonnenuntergang küssen wir uns
taumelig.

Ich kuschel mit meinem Minipanther, die mir
gerade Gesichtspeeling & 2 rauhe Knutscher
verabreicht hat & so wies aussieht, balgen wir
uns um Dein T-Shirt. miau! Ach, wie herrlich. Ich
werde ihr Terry vorlesen. Baden fällt aus. - ich
knutsch Dich rauh, mit Schnurren unterlegt.
Rrrrrrrrrrh!
Ich schick Dir einen Schmetterling, der mal im
Bauch flattert, mal Dein Ohr streift & im Vorbeiflug
einen Kuß auf Deine Nase haucht.

Also das mit dem Ohrgehauche und dem
im Vorbeigeflatterküssen ist ja ganz
schön, aber der Schmetterling im

Bauch fällt echt nicht auf, bei dem
Gewimmel da drin!

Ach schön, mich faszinieren
Schmetterlingszüchter.
Kind & Panther liegen im Bett, ich sitz mit Buch
zwischen Minze & Salbei und träume schon
wieder Schrägliegendes. Jippieh-jey.

Nachdem 10.000 + 1 Linge durch den
Bauch geschmettert sind, die Kinder
erstaunlich leise - liegen, schmückt
sich mein Kopf von innen mit
Elfenspiegel und Dir...

Bin 1/8 auf Balkonien, 3/8 in the smithy in Bad
Ass & 6/8 auf Dir drauf und dran. Werd mal
umblättern, vielleicht zaubert Mr. Billet Dich gleich
neben mich...
Ach, hab mich verkalkuliert ... Mathe war schon
immer ne Wolke für mich. Egal. (Elf Knutscher
krieg ich aber noch hin). Nebenan tuckert ´n
Trecker - oh gooseskin!

Hey Sternchen, ich seh Dich da oben.
So weit weg, doch mein Kuß hat Dich
schon erreicht. Funkel noch ein
bisschen, wenn ich einschlafe...

Ausgefunkelt um halb sechs mit zwei hellwachen
Irrlichtern, die durchs Bett kobolden, kriech ich für
n Minütchen nochmal unter Deine Decke...
Gutenmorgenknutsch
Ich kann Fr. oder Sa. (oder beide) umschichten -
was paßt denn bei Dir besser?

Finde ich jemanden für die Blümchen:
von Do 21:30 bis Sonntag früh...

Du bist süß! -Texas? - ich hab bis Fr. früh Kobold
Nr.1 & Kobold Nr.2 muß auch gegossen werden.
Wir gießen alle zusammen & tränken uns auf
dem Wasserfaß, o.k.?

Haben wir uns heute schon geküßt? Los, bitte.
Jetzt

Küssen langt nicht. - Anspringen, Textil vom Leib,
Po & Bauch her bitteschön! Und die Nase!
undundund! Oh Mann! In mir sprudelt´s fast über.

Mein bescheidenes Engelchen, ich
hauch Dir von fern ein Küsslein zu,
schlaf süß!

Will Dich
Fehlst mir
Schnief

Wollt ich Dir auch gerade ins Ohr flüstern.
Laß uns heiraten

Ja
Ich hab Gänsehaut

und ich muß heulen, ich hoffe das
hört wieder auf, bevor mein Patient
kommt

Ich liebe Dich Heulsuse. *

selber!

So ist das bei Seelenverwandtschaft.

...vielleicht hast Du Recht

Du wunderbare Frau, Dir verdanke ich
einen der schönsten Tage meines
Lebens

Wollt ich Dir auch gerade ins Ohr flüstern. -
und ... hast Du die Ringe, Schatz?...
Schlaf geknutscht!

Morgenprinzessin!
du hast mir einen Antrag gemacht! -
Mußt Du da auch nicht die Ringe
besorgen?

Nee, war kein Antrag... . Brauchst keine Angst
kriegen. Gutenmorgenknutsch,
Du Froschkönig!

Hab doch keine Angst vor Dir, Du
Gruselmonster!

ichmöchtdichsehen sehenmöchtichdich
jetztsofortheute. mit allem bitte, Herr Prinz.

Wo bitte kann ich mir jetzt 5,5
Küsse vor der Arbeit abholen?

Wo kann ich mir morgen Küsse von Dir abholen?
Oder machst Du ne Entziehungskur, Mann vom
Mond? Ich küsse Dich trotzdem mal vorsichtig.
Schlaf gut!

Ich hätte Dich gern gestern oder
heute gesehen - zickst Du vielleicht
ein bisschen?
Ich komm morgen gern bei Dir vorbei
- wenn Du magst - ehrlich! Ick will
Dir!

ICH WILL!! YES! JA! DA!!OUI!!SI! Vorgestern,
Gestern, Heute, Morgen, immer. Ich zicke nicht,
ich harre. sag bloß, ich hätte schonmal gezickt...
Ich vermisse Dich - kaum zum Aushalten!

Habe gerade geträumt, wir haben uns festgesaugt, oh wie schön - bin aufgewacht & da wars die kleine Miez, die am Bauchnabel genuckelt hat. - bin zuhause, wg. Kätzchen, sonst würd ich im Nachtgewand jetzt gleich zu Dir rüberwandeln! So brauch ich noch ne Stunde. Bist Du dann noch da?

Falls Dir wieder die Decke fehlt, komm hierher. Ich hab ne große und mach Dir soviel Platz, wie Du brauchst, Du dicker Frosch. Ich leg mich auf Dich drauf, dann haste das ganze Bett. Amen

Gibts Katzenschnuller? Der Panther nuckelt sich schon wieder ausdauernd fest. Ich nuckel mich an Dir fest. und träum was Schönes. Knutsch!

Mit meinen Schmetterlingsflügeln flatter ich jede Nacht mit Dir im Mondlicht...

Hast Du Lust auf Frosch oder bist Du allem Trubel entflohen? Desperate or Desperado?

Desperado im Wald mit wildem Pferd. Gerade im Rapsfeld. Lust hätte ich schon gehabt!!

Also schön mein Wildmädchen, möge
der Raps Dir die Nase pudern.
Fühl Dich mit Küssen und hübschen
Gedanken betupft.
Desperado war herrlich! Ich falle jetzt k.o. in ne
Wiese & Du kannst loslegen mit der
Schmetterlingerlei. Jippieh!

... eigentlich wollte ich nur so daliegen
beschmetterlingt, aber ich merk schon, daß ich
über Dich herfallen muß ... miau

Leg Dich auf den Bauch, zum Mittag küsse ich
Dir die Fußsohlen, Kniekehlen, Innenseite
Oberschenkel, Pops rundum, Rücken hoch, Hals,
Ohren, umdrehen, Mund & ...

Phantasie oder in echt?
Nehme beides!

Heute Phantasie, morgen echt!

Na gut.
Morgen mittag ist leider keine Zeit,
Hausbesuch. Mittwoch arbeite ich bis
21 dann könnte ich zu Dir kommen,
wenn Du magst!
Vorher wird nischt! Knuddel,
Knutsch.

Und heute abend? JA! Mittwoch. (Oh Mann. Ewig ist das.)

```
Heut abend knutsch ich meine Kinder
ins Bett.
Nun schlabber ich noch schnell -
Dein linkes Ohr - wenn auch nur
virtuell.
```

Kurzer, präziser Morgensonnenkuß - rat mal, wohin.

```
Schlaf schön, Du regennasse
Präzisionwolke, laß Dich berascheln,
stell Dich in den Regen und stell
Dir vor, es sind Küsse....
```

Ich stand grad naggisch aufm Balkon, Du Hellseher... Knutsch ohne Klamotten, bitte! Blitze am Horizont & nasser Sommerheugeruch

freu mich freu mich freu mich freu mich freu mich
freu mich freu mich freu mich freu mich freu mich
freu mich freu mich freu mich freu mich freu mich
freu mich freu mich freu mich freu mich freu mich
freu mich freu mich freu mich freu mich - miau   !

```
hast Du das alles geschrieben oder
Ctrl+V ?
wow
```

ich knutsch Dich jetzt schon mal
ausgiebig, kannst ja ein bisschen
was ausziehen, dann muß ich nicht so
wühlen...

Plan für heute, wenn Du Lust hast: 14.30,
Knutschen, PferdKinderReiten,
Knutschen, Eisessen, Knutschen, abends Kinder
ins große Bett, 2 Matratzen aufn Boden,
Knutschen, Schlafen, Knutschen, Frühstück,
Kinder nach hause, Knutschen, Ausflug –
Knutschen.

Ich komm (will Dich sehen) aber nur
bis Knutschen nach dem Eisessen.

Jippieh
Ich vermiß Dich jetzt schon. Puh.

Ich hab Dich hier! - ich guck mir
gerade die Fotos an. Kann Dich
ranzoomen, wegzoomen, ranzoomen,
wegzoomen, ranzoomen, wegzoomen,
ranzoomen knutschen, prima!

Kommst Du dann? 11 Küsse!
Bin auf der Koppel

Bin gerade mit Mr. Cohen zusammen
Kirschen mopsen gegangen. Fehlt nur

noch Halleluja und Du. Fahre jetzt
weiter und komm doch nicht von Dir
weiter weg...

Lieber Mann, ich höre Dir gerne zu, ich gehe gern
mit Dir spazieren, in alten Häusern rumstöbern
und Seen baden, neben Dir zu liegen finde ich
wunderbar, mit Dir zu schlafen göttlich. Das wollte
ich Dir auf delphinisch ins Ohr flüstern. Und Dich
ausgiebig küssen.

Das Alles möchte ich irgendwann
einmal von Deinen Lippen hören - und
wenn ich dafür Delphy lernen muß!
Schlaf schön Flipper...

Mach ich. - Sagst Du mir dann auch, warum Du
manchmal so austeilst. Das geht mir im Kopf rum.
- Unterwasserkuß

Was für ein schlechter Deal!
Also gut, wie Du willst, ich habe
Dienstag 14:00 keine Patienten, da
können wir das diskutieren!

Ich möcht nicht diskutieren - mir tut nur manches
weh, was Du mir sagst. Ich hab kein Herz aus
Gummi. - und außerdem meine Tage.
Zickenalarm. - Am Di. hab ich nur Zeit zum
Küssen.

Wenn ich Dich verletze, tut es mir
leid. Ich möchte Dich nicht
verletzen, weiß auch garnicht, womit
ich das getan habe! Zuversicht wäre
schön!

Hab ich. Ich knutsch Dich
Ich vermisse Dich - auf Deutsch, English, Delphy
& komplett körperlich!

ich bin da, ganz dicht bei Dir und
bring noch mal Dein Gummiherz zum
quietschen: vermiß mich noch ein
wenig, ich vermiß Dich ebenso!
Knutsch

Ach mein Gummiherz hüpft kreuz & quer & ich
hab SOLCHE SEHNSUCHT! KnutschDich!

Ich komme um 2 ins Gewächshaus.
Deine Gummifrau

Verträllertes Gefiepe aus dem Delfinbecken im
Waldbad!

Ich schmatz Deine kalte Schnauze
streich Deinen nassen Bauch und
schenk Dir noch einen toten Fisch.
Blub, Blub

Bin im Himmel unterwegs, aber bei solch
irdischer Verlockung spring ich von den Gestirnen
zurück ins Meer & reite mit Dir Wellen, Honey!
Yours, Flipper

RosmarinErdnuß auf Balkon unter tausend
Sternen und verschleiertem Mond kriecht Dir
glitschig unters Gewand und saugt sich fest.
Schlaf umarmt & 11 x geküßt!

Fühl mich wohl so umglitscht, Du
bist jetzt meine zweite Haut, meine
Decke, mein Duftkissen und
Sternenhimmel.
Ein paar Erdnüsse mit Rotwein auf
niedersorbisch.
Also ich verstehe wirklich nicht,
wie Du es ohne mich aushalten
kannst! Das kann nur bedeuten...
daß Du pausenlos an mich denkst, ich
würde es so machen.

Das wollte ich Dir gerade schreiben! habe
beschlossen, den Tag heute unter Deinem Hemd
zu verbringen, nur der rechte Arm mit Stift guckt
raus & malt. Knutsch

Was für ein Hemd, Du treulose
Tomate?!
Das gibt Fischabzug!

MenschMANN! Die Klamotte, die DU gerade anhast. Virtuell. Sprich, Du hast mich an Deinem schönen Leib. Und während ich Horoskope zaubere, küsse ich Dich sekündlich!

Also manchmal bin ich richtig doof,
daß ich das nicht mitgekriegt habe.
Ne, Ne, Ne!

' Doubt thou the stars are fire; Doubt that the sun doth move; Doubt truth to be a liar; But never doubt I love.'

Fischl nochn bissl!

I do! Orphelia

Wenn ich jetzt auch noch Laertes
werde und wir uns im gleichen Stück
befinden, machst Du es aber nicht
mehr lange. Schade!
Noch einen Schmatz für meinen
Schatz.

It is Shakespeare rewritten, my dear Hamlet!

Wir lieben uns gerade. Spürst Du's? Ich lieg unten. - ist das schön mit Dir

Wäre schön jetzt! Ich schmöker
gerade im Hamlet, vom Training
kaputt liege ich lieber unten - aber
nicht so doll, mir tut alles weh!
Ich küsse Dein Gesicht, den Bauch,
Deine Arme

Lieber Mann, hast Du vor 10 Zeit für
Lippenkontakt? - guten Morgen!

Mir ist immernoch ganz trieselig von
Dir, mein Glückskäferlein
Ich glaube, wir sollten das mal
wiederholen.

YES! Von mir aus immer and always. Big snog!

Oh sehn suchts S e h n sucht SEHNSUCHT.
jippiehjey. sehnsüchtig. (& Lust auf´n Whiskey)

WE ist leider verplant - wäre lieber
bei Dir! Ich schlüpfe durch eine
Lücke in der Raumzeit unter Deine
Bluse begieß Dich mit Whisky und
schleck Dich ab.

Redest Du jetzt nicht mehr mit mir?

Ich sitze über nem Plan, die Zeit ohne Dich
euphorisch zu füllen, dear. - das gestaltet sich

zäh, weil das Herz immer dazwischen nörgelt, die Lippen nur küssen wollen & mein Leib sich mit Dir in Wäldern umschlingen möchte. Schreib da mal noch nebenbei ne sms... . - 14 Uhr!
Wenn nix los ist, kann ich weg.

Liebster.ich will DICH.DICH DICH!! So, wie Du bist,wie Du aussiehst,wie Du redest, wie Du Dich anfühlst, wie Du grünes Gemüse tranchierst, wie Du gummibehandschuht Tropen pflanzt, wie Du vom 3. in den 5. Gang schaltest, wie Du mich küßt, anlangst & mit mir schläfst. Ich verlasse Dich weder für Blond noch Pferd!

Ich brauche also nur den ganzen Tag Gurken schneiden und ab und an ein Bäumchen pflanzen? - Mach ich gern!

Na ja, Herr Prinz - fast! Du mußt mich jeden Tag mindestens elfmal küssen, eher mehr, einmal nackisch umarmen und andocken.

Das paßt schon noch zwischen den 3. & 5. Gang!

Siehste. Das kriegt sonst keiner hin. - ich muß Dich gleich wieder knutschen, Du Wahnsinnsmann!

Schlaf schön wunderschöne Prinzessin

Ich rutsche jetzt in die Wanne - komm mit Prinz,
ich vermisse Dich sonst ganz schrecklich!

Wäre jetzt gern bei Dir - träum süß
sei beelfküßt, angedockt und mit
dünnen Gurkenscheibchen übersäht
liebste Mondprinzessin

Kommst Du heute nochmal vorbei, bitte, ich hab
noch 11 Küsse für Dich

Gern, wird aber später...

Ich spüre Dich in jeder Faser in mir, jede
Sekunde, keine Ahnung, wo ich aufhöre & Du
anfängst, oder umgekehrt. Ich hätte nie gedacht,
daß es das wirklich gibt. Und bewege mich ganz
sacht, damit das Wunder in mir bleibt. Ich schicke
Dir elf Badewannenküsse & kriech dann unter
Deine Decke. Ich hab noch nie einen so geliebt
wie Dich

Du bist aber auch traumhaft!
...wäre gern bei Dir

Dito. Hast Du heute abend Zeit? 5 Küsse 6
Knutscher 3h Umarmung ab jetzt

Hab gekämpft, Dich zu sehen - mußte
einstecken. Lieb Dich umsomehr. Dich
sehen, berühren wäre trotzdem
schöner.
Schlaf schön liebe
ElfKnutschprinzessin

Hatte einen verträumten Sonntag, Pflanzen,
Katze & Pferd geknutscht, Dich virtuell,
morgens&abends mit Pferd über Land
geschwebt, dazwischen Dich geknutscht,
Kirschkerne weitgespuckt, gearbeitet, Dich
wieder & Kaffee, Pferd geflüstert & danach konnt
ich nicht anders, als Dich zu knutschen bis 23.55/
Kuß!

Guten Morgen Du Schöne,
Ich kann mich gerade nicht
sattdenken an Dir, mehr davon!
möcht Dich anfassen, küssen, mit Dir
schlafen

Ich auch!! Wollte Dir gerade schreiben, daß Du
mich alltagstauglich küssen mußt, ich hab
überhaupt keine Lust aufzustehen, ich spüre Dich
so sehr, himmlisch!!

Ich küsse Dich himmelstauglich,
ausgiebig

Puh! Wie ich Dich liebe!
lieb Dich immer mehr und immer mehr

Ich schlafe mit Dir, dann geh ich zum Pferd,
erzähle ihr von Dir, und wir werden den Horizont
erobern

Und ich knutsch Sohnfüße, der
quitscht schon...

Sehr schön! Universelles Geknutsche! Bin schon
fast aus der Tür...

Knutsch & streichel Dich von oben bis unten!
Guten Morgen, Durchlaucht!

Bin gerade durch den Wald gefahren, regennasse
Nebelstraße und hundert Frösche auf dem Weg.
Hoffentlich habe ich keinen erledigt, bevor er
geküßt wurde. - ich vermisse Dich, liebster
Mondprinz

Ich rutsch jetzt ran, mach mal n bissl Platz unter
der Decke! Angesaugt im siebten Himmel

bin den Weg geritten, auf dem wir letztens
wandelten.
ich habe non-stop getextet und gesungen,
aber das Pferd hat kaum die Gosch aufgemacht,
das verträllerte Teil,
höchstens ein oder zwei hmpfs, als es
Wegzehrung gab.

ich mach jetzt n Käffchen
davor muß ich Dich aber noch küssen zur
Beflügelung!

Ich beame mich zurück zum Rumpsteak. Die
Texte sind gut, aber Deine waren schöner.
Küß mich mal, damit mir wieder alles einfällt!

Knuuuuuuuuuuuuuuuuutsch!
Ich glaube, ich muß wirklich mal mit
Dir reiten, wenn Du dabei die ganze
Zeit texten tust.

Beim Zeichnen sehe ich immer nur Dich in
unserem Gewächshaus, mich malend & uns
zwischen Farben & Blättern liebend. Ich kann´s
sogar riechen.Wir MÜSSEN das machen!

Gern,

Aber erst die Arbeit, dann das
lieben!
No pain, no painting!
Ich muß Kinder hüten,
kann auch nicht wandeln unter
Blüten.

Baby - I am multitasking, what do you think?! Ich
zeichne+ guck Dir auf Deinen schönen Hintern +
knutsch Dich auf Deine Lippen + überlege mir
das nächste Bild!

Apropos multitasking - ich hoffe
doch Halleluja ist UNSER Song. Ich
höre ihn so oft und kann immer nur
an Dich dabei denken. Nicht
auszudenken, wenn ...

Sag mal, Prinz. DU!!! bist es! Glaubst Du etwa im
Ernst, ich wäre ne Inflationsprinzessin & hätte
Hallelujah schon jemals jemand anderem
offenbart? Ich hab auf DICH gewartet. Clear?!
Oder muß ich Dich niederknutschen?

... also. Ich bin sprachlos. Mann. - ich muß Dich
wirklich mal zutexten, Du Kanone.
Du bist doch nicht wirklich so blöd, oder... .
Knutsch!

Los. Schaff Dich her. Eine Runde Hirngespinst
Absaugen plus Durchlüften. Und Reiten. Ich geh
schonmal vor & flüster mit dem Pferd. Bierchen
wär auch schick!

Keine Chance, hier wegzukommen.
Schlaf schön Schmetterling

Du auch! Mir schmetterts noch im Bauch.

Guten Morgen! Hab mit dem Pferd gezaubert,
jippieh, jetzt Käffchen & zeichnen & um 1 hole ich
das Kind ab, davor würd ich Dich knutschen,
wenn Du willig bist

Morgen, bin willig!
Eins will ich Dir auch mal sagen:
ich fühl mich wohl bei Dir, ich
mags, wie Du lebst. Wenn Katze mich
nicht frißt, würde ichs aushalten.

Puh. Schön! Da wird mir gleich schwindlig ... -
hast Du 5 Knutschminütchen vor 1?

Ja, bin im Gewächshaus

Splendid. When will you be there exactly? I'll
bring fire.

I am here, waiting for the heat

You've got a bit to clean the bath and do the sofa!
I'm in the astrology business, you know. Takes an
hour, I guess. Big snog!

Zuversichtlich trink ich Dein Bierchen. Prost.
Bist Du jetzt ein besoffener
Schmetterling?

Na klar bin ich besoffen. Am liebsten würd ich als
Nachtfalter mit meinem Pferd im Wald
verschwinden.

Hey ich hoffe, Du kommst da auch
wieder mal raus. Ich hab keinen
fliegenden Teppich und reiten kann
ich auch nicht...

Du mußt mich fangen.

Das ist unfair! Das Pferd hat viel
längere Beine!

Hast Du Zeit heute?

Hab noch bis 11:30 jemanden, dann
bin ich zu haben.

Ich komm ins Gewächshaus.

Du machst Dich rar im Äther - bis
später - will ich doch mal hoffen...
...und vergessen hast Du mich
wahrscheinlich auch schon!

Mir geht's nicht so gut! Ich kriech wieder ins Bett
& kuschel mich an Dich, Ich saug mich an Dir
fest, schöner Mann. Vielleicht wird´s dann besser.
Gute Nacht

Guten Morgen, mein Prinz - die Nacht an Deiner
Seite war heilsam! Ich knutsch Dich!
Miau-mio

Guten Morgen,
fein, wenn es Dir wieder gut geht!
Ich schmatz Dich an allen freien
Stellen!

Da haste Glück, bin grad nackisch.

Oh, das dauert länger!

Her mit Dir! Ich küsse Dich auf Mund und - ... 10
Wünsche frei!

Ich hab ne cd bestellt, gerade gekommen und im Umschlag sind lauter Schmetterlinge - wie schön! Küß Dich nochmal! Diesmal such ich wieder aus, wo...

und ich krabbel gerade naksch unter
die Dusche und knutsch Dich

Du mußt mich festhalten, ich gehe in die Knie

...nicht schlecht für den Anfang...

Lieber Prinz, ich mache Frühschicht ins Gemach & suche die Erbse. Königliche Küsse & gutnacht! und nochn Kuß. und noch einer. und noch 100 bis Mitternacht.

Königliches Erwachen Du
Träumprinzessin zählst Du heut
Erbsen oder Sternensonnen?
Sei gerundküßt

Lieber Prinz, Erbsenzählen ist gelungen, fühle mich rundumerneuert & verleg mich heute auf die Goldtaler! Ich knutsch Dich von unten nach oben! Naksch natürlich

Durchlaucht, hast Du heute nach 2 Zeit auf Visite mit Kuß?

`Ja, gern`

Guten Morgen, mein optimistischer Frosch!
Spring ins Bett, ich knutsch Dich,
bis der Prinz quakt.
- bin etwas verquollen, aber steinreich. Langen erstmal 11 Küsse?
Machst Du mir bitte nen Kaffee, ziehst mich an & setzt mich aufs Pferd?
Das Personal ist unauffindbar & langsam wirds Zeit.
Muß auch noch vom Balkon winken - räkel

`Das mit dem Kaffee, dem anziehen kriege ich noch hin, aber Pferd?! Sohn schippt die Elbe zu und Tochter schürft tief. Ich sehnsüchte zufrieden.`

HALLELUJAH! dann is ja gut! Mir gehts genauso!
- werf mir ein Gewand über & an der Elbe küß ich Dich. Reite später in die Dämmerung.

Wir MÜSSEN uns heute sehen, Liebster -
morgen fahren Kind & ich aus heiterem Himmel

nach Hiddensee - razz-fazz 2 Betten frei bei
Freunden! Ich küsse Dich innigst

Ich halt es jetzt schon kaum aus. Wenn Du So.
Abend vorbeikommen kannst, fahren wir So.
zurück. Elf Küsse! Den Rest packe ich in den
Rucksack, die wollen das Meer sehen.

Schottlandrucksack randvoll, herrje 10 kg
Bettwäsche, n paar Schlübbis & 10.000 Küsse.
Wer soll das leichtfüßig schleppen? - keinen Fön
diesmal. immerhin.

Ich küsse Dich nochmal ganz langsam. Ich
glaube, von links nach rechts wäre schön. Dann
nehme ich Deine Hand, küsse alle Fingerspitzen
und schlafe selig ein.

Ich glaub, wenn ich Dich jetzt
küsse, kommt das bei Dir an...
Ich fühl Dich

Angekommen! Und wie! - Kurz vor halb sieben
sind wir bei Dir vorbei, jetzt rauschen wir durch
Sommerfelder. Ich lieb Dich sehr

5 Knutscher aus der Hauptstadt! Zwischenstopp
1h Berliner Luft. Die würde ich ja lieber horizontal
mit Dir verbringen. Immerhin ist der Slang
vertraut...

Am Meer! Jippieh ich knutsch Dich schon wieder
und alles in mir hüpft!

...und ich schreib an unseren
Memoiren, statt auf Dich zu warten
nix schön, ich denk an Dich mit nix

Held Du! trotzdem muß ich Dich
küssenküssenküssen - mußt mit Augen zu
schreiben.
Dann isses gleich noch Kunst.. - ich möchte mal
mit Dir ans Meer!

Küß mich bitte lebendig - bin gerädert und hab
Sehnsucht nach Dir.

Ich tue mein Bestes. Es gibt noch so
viel an Dir, was ich noch keine
Gelegenheit hatte zu küssen - hole
ich - teilweise nach, wenn ihr kommt
- versprochen!

...sag mal bist Du im Funkschatten
oder hast Du nen Kurschatten?

Oder nen Sonnenstich? - Denk an
mich!
Ich schmelze dahin...

Liege leicht migräniert im Schatten am
Vittestrand, Meer plätschert, Kinder fischen &
bauen Burgen & die 3 Gedanken, die ich hegen
kann, sind non-stop bei Dir

Fein, so hatte ich mir das gedacht!
Das mit der Migräne tut mir leid.
Ich streichle Dir Deine Schmerzen
weg, noch ein bisschen Pusten...
Ich stell mir die ganze Zeit vor, daß Du mich
streichelst, da gehts einigermaßen. Ich klebe Dir
seit 7.30 unterm T-Shirt, die Nacht sowieso. Ohne
alles. Knutsch

Übel is mir nicht mehr, im Kopf pochts noch - lieg
im Bett, schaue in die Wolken & mir ist´s ein
Rätsel, wie ich mein Leben ohne Dich
ausgehalten habe. küß Dich

Laß es Dir besser gehen, ich
streichel Dich, küss Dich, halt
Dich, bis Dein ängstliches Herz
wieder ruhiger schlägt. Dann
schlafen wir. Ich liebe Dich

Fühl Dich von unten bis oben geküßt! - Deine
SMS ist so schön & hüllt mich wohlig ein &
schwupps gehts mir himmlisch!

Lieber Mann, war vorhin im Sturm spazieren, die
Wolken fetzten am Leuchtturm vorbei über eine
Minischottlandkulisse, da hätt ich meine Hand
gern in Deiner gehabt & jetzt würde ich meine
kalten Füße gerne unter Deine Decke stecken.
Der Wind pfeift ums Haus. Ich saug mich an Dir
fest. Schlaf gut! 11 Küsse

```
Liebstes windgekämmtes Eisbeinchen,
ich habe jetzt schon 19 Seiten
ätherisches Liebesgeflüster zu
Papier gebracht. Wenn Du nicht bald
kommst, werde ich zum Datenstrom,
daß Deine Leuchtturmwolken nur noch
blasse Einsen und Nullen sind...
```

Oh Mann, ich schwimme nach Hause, wenns
sein muß! Ich halts nicht mehr aus. Wir
windrudern nachher zum Strand, wenn das
Wetter garstig bleibt, pack ich morgen!

Sonne scheint, Wind pfeift, Meer schäumt.
Stürmisch entführ ich Dich aus Gewächshaus in
Dünen. zack-zack. komm mit!

70

...der Rest der Welt trennt uns
unbarmherzig. Ich mach jetzt Mittag!
Dann um 2 im Gewächshaus? Du
Wanderdüne komm ins Grüne!

Sitz auf ner kleinen Abschußdüne im Wind
-vielleicht blästs mich gleich auf Deinen Teller an
Meerschaum, Muschel & Alge. Bis 2 dauert mir
zu lange JETZT WILL ICH

Schissebächl, ich hätte früher archivieren sollen -
dachte, ich kann mir alle merken, aber 3/4 meiner
sms sind weg. Brauche ewig mit dem Handy
noch 11:30 kuesse

heißt das um 11:30 Uhr Küsse? Oder
um 11 Uhr 30 Küsse – das wäre eine
halbe Stunde früher und auch mehr
Küsse...

Wie stehts mit den elf Lippenbegegnungen heut?
Ich knutsch Dich schonmal warm

Hab heut umgetopft - 1000 neue
Pflanzen im Gewächshaus!
Du klingst verworren, Küsse über
Küsse gibt es trotzdem zum
einschlafen und/ oder aufwachen

Ankuscheln mit Dir schlafen ankuscheln einschlafen, bitteschön! Und mit Dir schlafen besonders lange. / Whiskey auf Heurolle im windigen Leuchtturmsonnenuntergang war atemberaubend. Ich knutsch Dich die ganze Nacht! Schlaf schön, Herr Schmetterling

Insel ade, Mann ahoi! Wir schippern los!

Hallo Du Windflüchter, keine Ahnung, was Du vor hast, ich werde mich leider erst morgen wieder zu Dir gesellen. Sag nochmal ahoi, wenn Du hier bist - bitte!

Monsunflüchter! - hatte keine Lust morgen früh um 6 in strömendem Regen loszuwandern, haben also die erste Regenpause zum Hafenspurt genutzt. Kommen um 9 an, Bienenfrau sammelt uns ein - die werd ich dann knutschen müssen, sonst platze ich. Für Dich hebe ich 11 Knutscher auf - promise! Einen vorab! Knuuutsch

Da Da Da!! 500 m Luftentfernungskuß!! jippieh

Ich freu mich auf Dich!

Dito

Sind bis abends bei Freunden - aber
dann...
Ich wünsche Dir einen schönen Tach

...nur wenige wissen, wer dieses
scheußliche Wetter hier mitgebrachte
- ich hoffe Du weißt daß nur Deine
Küsse mich zum Schweigen bringen.
Eure Mäusepostkarte kam heut an -
anonym - mußte sie küssen!

Trau Dich her, Du anonymes Nagetierchen, daß
ich Dich ohnmächtig küsse & verspeise!
Miau

Wir müssen ins Palmenhaus ziehen! Kommst Du
mit!? Auf der Wendeltreppe mußt Du nackisch
Querflöte spielen, bitteschön! Draußen rupft das
Pferd in der Levade ein Lindenblatt. Ich küsse
Dich neben der Sophora microphylla

Mach ick!
Ich vermisse Dich, aber manchmal ist
es auch einfach nur traumhaft zu
wissen, daß es Dich gibt,
Es ist schön,
es ist schön,
es ist schön

Klatschnass sprinten wir heim & nehmen ein
Prinzessinnenschaumbad & ich liebe Dich, Du
Sternschnuppe!
bloody hell - I miss you

Habe Deine Sachen gelesen,
Vielleicht bin ich sentimental,
aber...
ich mag Dein Zeug - mehr!
Mehr davon, ich krieg nicht genug

Liebster, ich hab mich sehr sehr sehr über Deine
Kurzvisite (und sms!) gefreut! Alle Schmetterlinge
schmettern - ich knutsch Dich!!

Gestern abend hatte ich plötzlich einen
chinesischen Pinsel & Tusche in der Hand. Rat
mal was rauskam?

Hmm, vielleicht etwas mit großen
schwarzen Klecksen - ah eine Kuh!
Nein ich habs: Du hast Dich von oben
bis unten bekleckert - würde Sohn
machen. I miss you

MANN! Mich beklecksen is wahrscheinlich ooch
mitreißend, aber ich denk ja nur an Dich, da wär
das Tuscheverschwendung. Und Kühe würden

den Zweck auch nicht erfüllen. - komm. gib Alles.
elf Küsse gibts!
(I miss you, too)

...wenn Du vorbeikommst, geb ich Dir mindestens
die Hälfte vom Bierchen ab! Gereicht an
unzähligen Lippenküsslern.

Fein, dann kann ich ja mal gucken,
was Du so kleckselst, aber leider
ist immer besetzt... Tut tut tut

Habe mein Bierchen mit Ausschnitten
schwerwiegender englischer Romanzenklassiker
geteilt. 1/2 h Liebesgeflüster in Oxfordenglish with
perfect "th" & alles ist wieder fliederfarben. Sleep
well. Dein Mühlstein

Overnight a miracle happened: fortunately I
turned back into a butterfly - flying straight to your
nose I give you a tender kiss. Have a lovely day!

Dann werd' ich mich mal nicht
rühren, sonst wandelt sich der
Schmetterling womöglich noch auf
meiner Nase wieder in einen
Mühlenstein, da schiele ich lieber.

Ach Quatsch. Knutsch lieber zurück, baby - ich vermisse Dich! Und wenn Du Lust hast, komm vorbei!

Alles voller Zitronenfalter hier! Herrlich! Welcher bist Du? Oder muß ich mich durchknutschen? Ich lieb Dich. Immer mehr und mehr und mehr

Knutsch Dich durch Prinzessin, I try to come vorbei, erwarte Dich dann knutschbesoffen...

Liebster Mann, ich hab mir Dein Video gestern noch angeschaut, sieht sehr schön aus, ich würds gerne mal in echt sehn - Wenn Du geknutscht werden möchtest heut, ich bin willig. - hab von Dir geträumt & glatt verpennt. Guten Morgen!

Ich schau mittag rein, hab dann doch noch Zeit.
Schmatz
hüpf jetzt los
Frosch

Schön!

Bis jetzt geschlafen? Fein!
Schön, daß ich bleiben durfte.
Sunkisses & Bfly.

Bis vor kurzem brach gelegen - jetzt werd ich
aufs Pferd springen, Vollgas in die Wolken &
einen Megaschrei in den Himmel schicken, sonst
platze ich. liebe Dich

Alle Wind-Wald-&Wolkengeister in den Schatten
geritten & ne schöne Begegnung gehabt. - ich
warte auf den Tag, an dem Du von mir als Deine
Frau sprichst.

Würde ich gern tun, ich denk an Dich

Dann machs bitte. - Ich möchte, daß wir über den
Luftlöchern leben. Und blond, blauäugig oder
andere Typen will ich nicht. Ich will Dich.
Ich liebe dich! Tatsächlich. Ehrlich, großes
Indianerehrenwort – nicht nur bei Vollmond.

Schlaf gut, ich fall ins Bett, saug mich fest & laß
Dich nicht mehr los. Ich spür Dich. - Die
Schnaken sind heut Dein job. Baby, good night
sleep tight!

Lebst Du noch, oder bist Du mißgestimmt?

Ich liebe noch, denke die ganze Zeit
nur an Dich, tobe mit Dir in den
Highlands und besauf mich mit und an
Dir und an Whisky - will daß Du
meine Frau bist - und laufe mit
Deinem Pferd um die Wette

thank God! Love you as I never loved anyone
before

schöne 2 Tage mit Dir! Du hast so
zauberhafte Augen, es macht Spaß,
sich immer wieder neu in Dich zu
verlieben!

Guten Morgen! Mir geht's auch so, mit Deinen
Augen!
Ich lieg auf meiner linken Seite, Du auf Deiner
rechten. Nur unsere Nasenspitzen berühren sich.
Der Rest ist Luft.
Knutsch mich mal bitte & halt meinen Po fest. Ich
habs nötig.

Mach ich gern!
Fühl Dich also gepofaßt und
geknutscht.
Schlaf, träum, bin bei Dir und
streichel Deine Sandpapierhaut

Na, dann komm her und gib mir ne Ölung, Du
charmanter Prinz. - guten Morgen, räkel, knirsch.

78

Ich mag Deine Sandpapierhaut, Dich
...happyknirschday my
antiteflongirl!

Wir knirschen jetzt alle aufs Pferd. 5 kleine, 2
große Sandkörner. Jippieh. Knutsch

Lieber Prinz, falls Du mal in einem Anfall von
jugendlichem Leichtsinn in Versuchung kämest,
eventuell spontan vorbeizukommen, würde ich
entzückt, extrem perplex, in Deine Arme fallen.

liebste schwersinnige extrem
entzückte Perplexin, da ich mich für
ausgeladen hielt - in Ermanglung
einer Einladung - trinke ich
Bratwurst essend Bier im Regen -
beschirmt Held Dein!

Liebster Held, da hab ich nun schon alle Blonden
Blauäugigen rauskatapultiert...
MannoMann, für die Generalprobe müssen wir
noch etwas geschmeidiger werden.

... und in Ferne blitzt es. Die Götter selbst können
es nicht fassen. - ich stell mich auch mal raus.
Vielleicht trifft uns der Blitz.

...ich trab beschwipst durch den
Regen und steh auf Dich und Deinem
Balkon

Ich schreib noch n halbes Stündchen an diesem
wirren Märchen, dann fallen wir ins Bett. - und der
Rest wird - geschmeidig. (hast Du noch alle sms?
Meine sind weg - kannst Du die herzaubern?
könnte ich gebrauchen) schlaf schön, ich träum
von uns

...und weil Du in diesem Quartal ja sms sparst,
schreib ich Dir halt schon wieder, DASS ICH
DICH PHÄNOMENAL VERMISSE.

...heißt das, daß je weniger ich
smse Du mich um so mehr vermißt...
Ich wünsche Dir einen traumreichen
Tag - see you

das heißt wahrscheinlich, daß ich süchtig bin. -
heute bin ich den ganzen Tag unterwegs.
11 kisses from on the road

Ich lieb Dich mein aufgerauhtes
Samtkätzchen

Fahr schnell ins Lager & dann ins Nirwana -
kurzen Zwischenstoppstraßenkuß?

Kinder sind noch nicht im Bett,
sonst käme ich auf fliegendem
Teppich angeknutscht. Heute wird's
leider nichts mehr mit uns.

Ich träum von Dir...

Baby, ich steig gleich in die Droschke zu einer
Hochzeit. Damit Du mich siehst, zieh ich die 10
cm Höcker an. Ich knutsch Dich!!!

Ich seh Dich auch so: brauch nur die
Augen zu machen. Huch Du bist ja
naksch! Also weeste...

Hey, Du ooch!

Na, schon unter der Haube? Oder lebt
der Drache noch und das goldene
Vlies liegt noch nicht neben dem
heiligen Gral?
(für Dich hätt ich das längst
rangeschafft)

Noch nicht unter der Haube - gerade im Zittauer
Gebirge angekommen, immer noch nacksch auf
Wolke 11.

Entronnen, davongekommen, durchatmen,
hochzeitsinkompatibel... Heißhunger auf Haxe.
Knutsch der Erleichterung!

...hastes rangeschafft? Dann komm unter die
Decke, Held, edler! ich möchte mit Dir schlafen.
Ganz langsam und zart.

Na Du bist ja fix, wäre gern
gekommen, Vlies und Gral ins Auto,
Drache aufs Dach, alles dabei und
mit Dir geschlafen.
Dann den Drachen an Dich verfüttert,
wenn Du noch Hunger gehabt hättest.

hab von nem Drachen geträumt, aber die
Bienenfrau hat mit ihm gekämpft & wollte mich
auf ne Weltreise mitziehen. Puh. Anstrengend.
Kaffee, Pferd - und Du? Free?

Wenn es Dir nichts ausmacht, würde
ich heut abend noch zu Dir kommen,
gegen 7 vielleicht.

Toll! I'm free. You are welcome - Hast Du Lust zu
reiten? Ich setz mich nochmal n halbes
Stündchen aufs Pferd. Kuß!

Schon als Kind habe ich davon
geträumt, einfach abheben und

losfliegen zu können. Momente mit
Dir ist wie Papierflieger steigen zu
lassen, traumhafte Zeit des Abhebens
und Schwebens, der Leichtigkeit.
Momente in denen ich die Augen
schließen und träumen mag, es würde
ewig so dauern. Für dieses Gefühl
und diese Momente liebe ich Dich!

Liebes Papierschwälbchen, das klingt ja schön
und mir fällt gar nicht alles ein, warum ich Dich
liebe. Auf alle Fälle, weil ich mir manchmal
vorkomme, wie endlich angekommen, Zuhause.
Oder wie eine, die auf dem Baum sitzt, eine
Papierschwalbe fliegen läßt und hui: tatsächlich
kommt sie zurückgesegelt.

Oh, das wärmt!
Deine Worte fallen wie Regentropfen
auf mein Herz...

Sehnsucht ist auch irgendwie Folter. Ich spüre
wie sich unsere Haut ganz zart berührt.
Ich vermiss Dich & hätte den großen Drang Dir
ne cd mit depressiven Hits zu brennen. Aber na
ja... . Stattdessen schäle ich potatoes, da spür ich
Dich ooch!

Ich habe auch ständig das Gefühlt,
wie sich Deine Haut anfühlt in
meinen Händen. Schon schön, wie nah

Du bist!

ENDLICH! Worst case im Bad! (Du nicht
duschend & Havarie) Jippieh, denk an &
knutschknutschknutsch Dich. Durchschmatzen
mach ich morgen, wenn Besuch abgeflogen.

Bin ab jetzt durchschmatzfähig &
-willig

Später in der Pampa?

Jo, sag Bescheid, wann es losgeht.

Ich fahr jetzt los - see you soon

Stau mich zu Dir durch

Heute hast Du mich endgültig verzaubert. Ich
vermiß Dich ganz schrecklich mit tausend
Schmetterlingen im Bauch.
Blumige Küsse feingepinselt Rotmarder 5/0 auf
Vorrat aus der Traumfabrik. Echt Handarbeit.

Mit Bohumil und Jaques Brel im Bett gelandet.
Beide empfehlen Würstchen, Schoki & 5 pints of
beer to be poured down in Prague, Amsterdam or

by the Seine. Experts in all shades of grey &
pretty optimistic tonight. - sleep tight

I snog you in paradise 500 times!
Besser: 500 Schmatzer direkt aus dem
Paradies in Myriad Pro...

Myriam an Adam: gute Nacht in der Fata
Morgana 11 Lichtjahre entfernt!

Das ist sehr weit weg, genauso fühlt
es sich an.

Hm, deswegen. Ranrutschen bitte. Vielleicht
wirds dann wieder näher.

Ich wünsch Dir eine wunderschöne
Nacht! Mit Dir zusammen zu sein, ist
ein riesiges Geschenk! Ich küsse
Dich vom kleinen Zeh aufwärts bis
zur Nasenspitze. Halleluja Du
überirdisches Engelchen. Schlaf
schön!

Hallelujah, lieber Prinz! - mir geht's genauso. Du
verzaubertes Blümchen. Gute Nacht. Ich rutsch
auf Deinen Bauch und küß Dich sachte. Ich liebe
Dich.

heimgekommen, Spülfee, Bettmachfee &
Bücherstapelfee waren da, früh elf Küsse - wasn
Tag! Jetzt wandeln wir zur Pferdefee. Davor muß
ich Dich nochmal knutschen.

Durchlaucht, falls die letzte Einladungsbotschaft,
von legeren Knappen verschlampt, nie das
Gemach erreichte, hier die 2. Invitation zur Visite,
falls genehm.
he Du Wiffzack, 5 Küsse zum gediegenen
Nachtisch! Den Rest gibts heute abend. Mir hat
die Spülfee Spaghetti vor die Tür gestellt.
Landwunder... Guten Appetit

```
Ich weiß zwar nicht, was ein
Wiffzack ist, klingt aber gruselig.
Ansonsten erst morgen wieder - heut
lang/morgen früh raus. 5 + heut
morgen = 11 - Du Rechenass
```

Ach, lieber Mann. Positiv gedacht wär auch
schön. - dann halt 11 Trockenküsse fürs
Kopfkissen. Herzschmerz inspiriert. Immerhin.
Laß Dich nicht wieder verbeulen. Ich hab
Sehnsucht.

```
...schön Dich so zu hören.
hab dank, mit Kuß auf die freche
Nase!
```

ich küß Dich zurück.

ich nehm aber Deinen Mund.

mach bitte meine Post auf, da ist ein Geschenk
drin für Dich.

ich würde nie im Leben auf die Idee kommen,
Dir was Unschönes zu sagen oder zu schicken.
it`s love, you know. Always

...ich müßte Dir unzählige Briefe
schreiben, Dir dafür zu danken...
Wer sonst sollte all die
Flattergeister gedruckt bekommen?

lieber Mann,

könntest Du Dir vorstellen, ein paar Texte für mich
zu schreiben?

kurz, intelligent, witzig - Du weeßt schon.

mir fällt nüscht ein & mit den Illustrationen siehts
ähnlich aus.

die fallen erst mit Text ins Hirn.

die Tantiemen versteck ich Dir in ner kleinen
Schatzkiste im Sanatorium

und bei der ersten Million essen wir Nougat bei
Vollmond.

unzählige Briefe würde ich natürlich auch
nehmen, aber Du weeßt,

ich träume nebst Prinz auch von der Hütte...

außerdem würde es Dir die Menschheit danken!

Liebe Tofu,
Die Tantiemen dürften sich künftig
nicht mehr in kleinen Schatzkisten
bergen lassen - so billig kommst Du
mir nun nicht mehr davon!
Vom Haus (Hütte) fordere ich die
Hälfte!
Auf Hüttenhälfte verzichte ich nur,
wenn palmenhausgroßes Gewächshaus
als Alternative auf gleichem
Grundstück angeboten wird!
Vorhandener Apfelbaum ist von beiden
Parteien zu nutzten!
Nur unter diesen Bedingungen werde
ich wertiges Schriftgut für Dich
verfassen!
Höchstachtungsvoll
Frosch

Lieber Mann,

ganz schön gierig, vor allen Dingen, was das
Obst betrifft.

aber gut.

Deal.

Allerdings wird auf dem Apfelbaum nur
geknutscht, nicht gepflückt.

500 Mal täglich. Du erinnerst Dich.

Niedersorbisch, wenn die Texte gut sind.

Erwartungsvollst

Tofu

unter uns:
(das Lektorat möchte unprofessionellerweise
dringlichst, andauernd und immer mit Dir
schlafen. und danach den Mond verspeisen.)
raunt der Buschfunk.
aber das bleibt geheim, o.k.!

Dämmerung

Hab die Ostererleuchtung! Ich möchte noch in
diesem Leben mit Dir zusammenkommen & Du lebst
eben bei Deinen Kindern. Ich will keinen Anderen.
Kannste vergessen. Das is so bei entknüllten
Traumfrauen!

In Deinem Osterwasser war wohl zu viel
Alkohol? Wollten wir nicht zusammen
leben?! Willst Du jetzt ne zerknitterte
Traumfrau sein, die vor ihren Träumen
abhaut und sich auf dem Land
verkriecht? Was ist mit dem Apfelbaum,
dem Kaninchenstall? Wolltest Du nicht
Deinen Prinzen haben? Auch ich habe ne
Prinzessin verdient, nicht jemanden,
der sich aufgibt!

Ich hab mich nicht aufgegeben. Beim nächsten Mal
schreib doch: ich liebe das WG-Leben.
Das erspart Dir den Tritt ins Herz.

Sag mal Du zerknüllte Traumfrau, Dir
bekommt wohl das Alleinsein nicht. Ich
will auch mit DIR & Deiner Tochter
leben, aber nicht in Deinem
Karnickelstall!

Oh Mann. Ich ziehe mit Dir sonstwohin.

Na also, geht doch! Schmatz mein Fratz!

Liebe Schnullerbacke,
wünsch Dir einen wunderschönen hü-hüpf-Tag!

Sorry, aber nach meinem Verständnis
hast Du mir gestern den Laufpass
gegeben!
Ich werde zwar auch in Zukunft keinen
Töpferkurs besuchen, habe aber Deine
Entscheidung respektiert und mich
deshalb auch nicht mehr gemeldet,
außerdem bin ich WIRKLICH immer noch
auf Mondprinzessin-Trip!

Amazonen sind zwar recht erotisch, aber ziemlich doof! So liebe Jane: ich bin der Zarte, mich von Baum zu Baum zu schwingen fände ich auf Dauer ziemlich anstrengend.

Mich nimmt das ja schon mit, daß wir uns so mißverstanden haben. Ich denke sekündlich an Dich & Du denkst, ich schieße Dich in den Wind und andersrum. Wir leben beide hinterm Mond, ist zu befürchten. Schönen Abend noch! - ich werde mich um Dein Hemd wickeln.

Aber sonst ist doch toll oder?!

NA KLAR!! WAHNSINN! - ich hatte noch nie im Leben vorher den Drang, mich mit jemandem auf nem Apfelbaum einzurichten.

Ich möcht nen Prinz, der heut oder am So auf der Matte steht, am Besten mit Plan B. Morgen habe ich keine Zeit.

Also ich Prinz (Deine SMS klingt wie ne Sammelbestellung), könnte heute. Habe jedoch keine Ahnung, wer Plan B ist, soll ich was Anderes mitbringen?

Also was ist Plan B?

Wir müssen über unsere Beziehung reden.

Sag einfach, was Du möchtest.

Eigentlich will ich gar keine Beziehung. Das einzige,
was ich brauche ist mein Pferd.

Warum soll ich dann zu Dir kommen -
damit Du mir das sagen kannst?
Ich möchte mit Dir, Deiner Tochter,
Deinem Pferd und meinen Kindern mit Dir
zusammen leben! Ich habe keine Ahnung,
wie das gehen soll, vielleicht ziehe
ich zu Dir auf´s Land, vielleicht
kommst Du ja auch in die Stadt zurück?!
Ich möchte nicht nur eine Affaire sein!
Dann gehe ich lieber!

Guten Morgen. Tut mir leid, daß ich so behämmert
bin. Ich hoffe, daß ich in die Spur komme & die Kurve
kriege. Ich wünsch Dir ein schönes Wochenende!

Guten Morgen, tut mir leid, daß ich so
anspruchsvoll bin. Vielleicht laß ich
mir ja mein Hirn absaugen, am besten

92

das Herz gleich mit. Ich wünsch Dir ein
schönes WE

Vielleicht liegen Absaug - und Implantationsstation
auf derselben Etage. Da treffen wir uns dann auf ein
Käffchen und frohlocken.

Da paßts ja dann wieder nicht. Stell
Dir vor der Spender wäre ich...

Wirf die olle Kröte nicht in den Topf.
Jemand hängt an ihr.

Sitz an der Elbe, guck den Enten beim
PopsindieLuftstrecken zu & denk mir, SMS Schreiben
ist TOTAL BEKNACKT. Per Ungarischer Post schicke
ich Dir nen Schmetterling.

Auch Elbe, auch Enten. Dich fern
wissen, nicht wissen was ungarische
Post ist, auch beknackt.

schönen Abend!

Hätte gern mein T-Shirt zurück, geb Dir
dafür Superman und das Ameisenbild!

Verehrte Tauschbörse! O.k. T-Shirt gibts zurück - aber der Mann meiner Träume ist eindeutig windschnittiger. Da nehm ich erstmal eine von den Ameisen.
Schönen Tag, der Herr!

Also echt, nischt kann man Dir recht machen! Als Du nen Windschittigen hattest, wolltest Du lieber 'n Pferd und hast ihn in den Wind geschickt, da tanz ich lieber mit den Winden.

Naja, ich will eben nen Windschnittigen, der sich NICHT in den Wind schicken läßt. Sogar mein Pferd würde ich mit ihm teilen, wenn er mal keinen Bock auf Tanzen hat.

Auf die Suchanzeige: suche perfekten Mann, biete halbes Pferd, hätte ich mich nicht gemeldet!
Meine war: suche Traumprinzessin, auch leicht beschädigt. Nun bist Du da - selber schuld!

Heute früh hab ich geträumt, daß Du letztendlich doch bei Deiner Familie bleibst & Ihr noch ein Kind kriegt. Jetzt sind meine Flügel gewaltig gestutzt und

ich fühl mich, als wäre ich mit Vollgas gegen ne
Wand. -
Pferd, Wald, Wasserfaß. schnell. Hoffentlich kommen
dann die Visionen zurück.

Träum nicht so ein Zeug, tu Dir nicht
weh! - ich träum jedenfalls von
schöneren Dingen...

Lieber Prinz, ich hab keine Lust auf Einstecken.
Wenn ich Dir zu doof bin, such Dir bitte ne Andere. -
mir hat grad jemand gesagt, daß evtl. der schöne Hof
schräg gegenüber zu haben sei. Überschaubar mit
Scheune. - Kuß

Ich mag Deinen Ton nicht.
Wenn ich Dich frage, was los ist dann
weil ich spüre, daß Dich etwas bewegt.
Ich wünsche mir zu erfahren, was Du
hast, Du Reinfresserin!
Das mit dem Hof ist schön, laß ihn uns
zusammen anschauen!

Ich bin einfach traurig, daß Du so eklig zu mir bist.
Und die Taktik kitzelt nichts aus mir raus, eher das
Gegenteil. Außerdem verstehe ich nicht, was das soll.

Was bitte soll das denn, ich bin doch
nicht eklig zu Dir. Jetzt wo wir die
Möglichkeit haben, vielleicht zusammen
zu ziehen, fängst Du an Spielchen zu
spielen.
Melde Dich bitte erst wieder, wenn Du
auch mich meinst.
Auf Deine Art gibt es nur Verlierer.
Liebe ist Vertrauen, Zuversicht und
Kampf.
Ich kämpfe UM Dich nicht gegen Dich!

Ich spiele kein Spielchen. Überhaupt nicht. Und ich
meine Dich.

Ich würd gern neben Dir liegen.

Redest Du noch mit mir, oder wollen wir bis
Weihnachten schweigen? Dich meine ich!

Ich möchte Dich sehen und mit Dir reden - geht das
heute abend?

Du kannst zu mir kommen!

Ich komm vorbei

Viele Grüße vom Schloßgespenst! Die Prinzessin
sitzt im Turm, dreht Däumchen & der Prinz hat sich
im Brunnenschacht verirrt. Zustände...

Arme Prinzessin! Da wartet sie wohl auf
den Falschen. Der Richtige stand
wahrscheinlich schon ein paar mal vor
der Tür (vielleicht als Frosch)?!

Stimmt. Ein Frosch war da, aber etwas vage in der
Aussage seiner Wahl.
Prinzessinen wollen Exklusivität, dann sind sie auch
willig.

Ach ja, die Dame vom Turm hat noch nen
Wunschzettel aus der Schießscharte segeln lassen,
da stand drauf, daß sie ab & an gerne freiwillig hofiert
+ visitiert werden würde, falls sich
ein Frosch überwinden könnte. Sieht eher zäh aus im
königlichen Feuchtbiotop;
was ne Verschwendung an ungeküßten Küssen.

Ich bin zwar verliebt in Dich, aber
nicht dumm!
Ich laß mich nicht zum Nachtisch
verspeisen, Du garstige alte Hexe!
Keinen Schritt setz ich freiwillig in
Deine Nähe.

Puh, Schade

Sag mal, spinnst Du? Du weißt genau, daß ich Dich
nicht zum Nachtisch will.
Was hab ich Dir eigentlich getan?

Kannst Du mir bitte den Mittelteil verklickern? Den
hab ich verpaßt.
Ich war noch an der Stelle, wo wir uns lieben und
vermissen.

Ich verhandel nicht mit garstigen Hexen
über Prinzessinnenangelegenheiten!

Sorry. Du meldest Dich seit Sonntag nicht mehr & ich
soll die Hexe sein? Dann bist Du wahrlich ein
Giftfrosch.

Seit Dienstag trampelst Du alles
nieder!
Was soll der Vortrag über wahre Größe
und Gewalttätigkeit gegenüber Kindern?
Bist Du sicher, daß Du mit mir redest?
Bei so viel Schwachsinn, verabschiede
ich mich dann mal rasch und suche mir
eine andere Familie, wo ich Kinder
quäle und ihnen Gewalt antun kann.
Dir wünsche ich einen Mann von wahrer

Größe und dringend einen guten
Therapeuten!
Mir wäre auch hundeelend, wenn ich
solchen Unfug im Kopf hätte.
Giftfrösche sind giftig, damit sie
nicht gefressen werden - . Ich lande
nicht im Kessel!

Gut. Adieu. - Unfehlbarkeit gibt es nicht.

Wie kann man jemanden, den man liebt, so zerlegen.
Ich glaube, Du hast einfach Angst, daß ich Dich liebe
so wie Du bist.

Ich würde Dich gerne sehen - ich finde das alles total
bescheuert. und per sms sowieso.

Ich habe keine Lust auf die
Wiederholung vom letzten Freitag.
Du meinst also, es genügt nicht, per
SMS adieu zu sagen? - mir schon!
Mehr brauch ich wirklich nicht!

Ich finde, für so eine große Sache ist das ein ganz
schaler Abgang. Kapieren tue ichs auch nicht, warum
das sein soll. Und ich bin sehr traurig darüber.

Kröten klatscht man nun mal in die
Ecke, wenn sie ihre Schuldigkeit getan
haben - wußten schon die Grimms. Ich
bin vielleicht naiv, aber 2x brauch ich
das nicht!

Du hast Deine Schuldigkeit noch nicht getan, Du
Kröte! Ich möchte mit Dir zusammensein & dachte,
Du willst das auch. Auf Hexe & Grimm mit Dir hab ich
keine Lust!

Und ich vermisse Dich schrecklich, Du olles
Grünviech.

Warum benimmst Du Dich dann wie ein
Scheusal, wenn Du es dann doch nicht
aushältst? Du Wetterfähnchen,
flatterhaftes...

Bin überhaupt nicht flatterhaft, nur total unsicher,
wenn Du Dich nicht meldest. Und dann Dein
Kesseltext. Macht mich fertig. Ich will mit Dir ins
Paradies, nicht in die Hölle. Und ich mag Steak lieber
als Kesselfleisch. Mann, mich zerreißts vor
Sehnsucht. Und ne Hexe bin ich ooch ni.

Sehen?

ANLANGEN!

Wo?

Gewächshaus

Ich würd mich freuen, wenn Du Dich mal meldest und
mir sagst, was los ist. Ich hab keine Lust, Dir
hinterherzurennen. Spielchen wollten wir nicht
spielen. Kuß.

Mensch! alles was ich möchte, ist, Dich lieben und
von Dir geliebt werden. Ich will Dich weder erziehen,
noch von Dir erzogen werden. Das kann doch nicht
so kompliziert sein, oder? Elf lange Küsse - mit
Fernrohr gen rosarot. Schönen Sonntag & mein Herz
hüpft Dir beim Malen entgegen

Hast Du heute abend Zeit? Ich würd Dich gern sehen

Ich hätte mich gern persönlich von Dir
verabschiedet, ich mag so nicht
behandelt werden! Du willst keine
Spielchen?! - dann hättest Du beizeiten
damit aufhören sollen - ich wäre es
wert gewesen! Leb wohl!

Ich hatte Dir geschrieben, daß ich Sehnsucht habe - ich habe den ganzen Fr. & Sa. auf Dich gewartet. Mann, ich liebe Dich! Ich weiß, daß Du es wert bist. Ich bin es auch. Wir müssen endlich unsere Kommunikation klären. Wie bescheuert ist das denn, gleich alles in den Wind zu schießen. - bitte, komm her!

Du hattest geschrieben, daß Du heute mit mir reden wolltest - jetzt auf einmal nicht mehr und wieder ohne Ausweichtermin...
Wann willst Du das denn tun? Morgen? nächste Woche nicht? Na gut, in zwei Wochen vielleicht?
Ich möchte nicht noch mehr solche Nächte wie die letzten verbringen und auf unbestimmte Zeit auf ein Zeichen von Dir warten müssen!
DAS ist es, was mich krank macht! Ich bin krank vor/wegen Sehnsucht nach Dir!
Wir sind Mondkinder: Sehnsucht und Zerstörung - schon vergessen?
Wir können vielleicht nicht gut mit Sehnsucht umgehen -
deshalb hätte unsere Liebe auch nur eine Chance gehabt, wenn wir gemeinsam gelebt hätten!

Als Lover sind wir (ich!) unbrauchbar
und ständig verzweifelt. So wäre ich
nie glücklich geworden!

Wie war das? Liebe ist Kampf? Laß uns bitte an das
denken, was schön ist und kämpfen. Ich will Dich &
hab Dich nie absichtlich oder bewußt schlecht
behandelt. Oder glaubst Du das im Ernst?
Hast Du Dir Dein Herz absaugen lassen? Dann
brauch ich meins auch nicht mehr. Ich liebe Dich.
Deine Mondprinzessin

Ich stell mir gerade vor, im Hof des Sanatoriums
stehen 2 Riesenschaukeln & wir schaukeln bis in den
Himmel. Glaubst Du nicht, wir könnten da oben
drüber lachen, daß wir uns unten manchmal
mißverstehen? Ich wünsch mir das. Gute Nacht

Vielleicht gehst Du nochmal in Dich, Du mißhandelter
Prinz.

Bitte klär mich auf. Seid ihr wieder ein Paar & Du
liebst mich nicht mehr? He hallo, wir wollten ins
Gewächshaus! Ich hätte genauso Grund,
eingeschnappt zu sein. Kannst Du bitte Dein Navi
einschalten und umdrehen. Mensch! Spinn bitte nicht.

Ich geh auch im Wasserfall mit Dir baden. Komm bitte her.

Ich weiß, daß Du mich liebst. Du hast nur Schiß, deshalb läßt Du MICH verrecken. Ich hätte Dich nie verlassen.

So viele Momente und Träume sind schon für immer verloren, werden nie mehr gelebt werden können, vielleicht werden wir sie eines Tages wieder träumen, wenn genug Herz übrig ist, vielleicht! Vielleicht schauen wir uns dann wieder in die Augen und werden wissen: JA - der Bauch fragt: Wann? Nun, Deine Antwort kenne ich: Nicht diese Woche! Bauch fragt weiter: Wann dann? - bekommt ein paar Krämpfe und Durchfall und bevor es vorbei ist, stichelt er noch: habe ich doch gewußt, sie verarscht dich! Wir haben die Chance, auf unseren Bauch zu hören - Angst wird es immer geben! oder wir entscheiden uns für diese Woche, diesen Tag, diese Minute, diesen Augenblick und füreinander - und folgen dem Herzen!

Wahnsinnssternenhimmel und was für Milchbahnen!
Bloody shame, daß Ronny vor Detailausführung die
Apokalypse heraufbeschwor. Nee, ne. - Dann eben...
Nougat!

Wie nah ich Dir auch war, die
liebesträumende Prinzessin konnte ich
nicht wachküssen - habe nur ein
weiteres Mal mein Herz an den Dornen
verletzt!
Ich habe mir einfach nicht vorstellen
können, daß Du einfach alles so
wegwirfst. Es ist so ein Unsinn, so
etwas Schönes zu zerstören!
So muß ich wohl akzeptieren, daß unsere
Zeit wieder nur wie ein flüchtiger Kuß
des Himmels war!
Leider bin ich so viel zerbrechlicher
als meine Liebe und es tut so unendlich
weh! Aber was wiegen schon zwei
Schmetterlingsflügel gegen die Schwere
Deines Herzens?

Du Psycho. Ich hab die Hügel & Whisky geküßt. Für
Dich. Für mich. Ja si lubujom. - Dreh Dich um, for
God's sake. I miss you so much. my love.

Liebes, wir gehören zusammen!

Alles andere ist anstrengend und wir
verkraften das ewige Hin und Her nicht!
Letztens habe ich gesagt, daß ich die
Lösung bin, nicht das Problem.
Vom ersten Augenblick an wollte ich mit
Dir leben! Aber davon magst Du ja
nichts hören.
Ich komme morgen meine Sachen holen!

bitte komm nicht vorbei!

mit dir gehts es mir phänomenal überschwenglich
und ich schwebe und liebe dich.

letzten sonntag hätte ich dich wahrscheinlich glatt im
dom geheiratet.

danach gehts mir jedes mal unsagbar beschissen.

dann krieg ich migräne und hab das Gefühl, mir
schnürts die kehle zu.

der druck, der danach kommt, reißt mich jedes mal in
ein noch tieferes loch und ich hab das gefühl, ich
ersticke.

wie soll ich dich da jemals glücklich machen?

das geht mir an die substanz.

ich fühle mich im Himmel und dir reicht es nicht.

ich kann nicht mehr.

ich kann dir keine 100 % bieten und du wirst immer
unglücklich sein.

das ist mir jetzt so richtig klar geworden und ich habe
mich deshalb nicht gemeldet, weil ich nach innen
hören wollte, was mein Gefühl mir tatsächlich sagt.
ich weiß, daß wir uns lieben, aber wir können nicht
zusammensein.
das macht uns beide kaputt.
uns gehts beiden beschissen - ich krieg dünnschiß
und nichts mehr auf die reihe. und du ja auch.
ich weiß manchmal auch nicht mehr, was mein Herz
sagt, wenns mir so beschissen geht.
ich weiß nur, daß mein Körper rebelliert.
ich verarsche dich nicht.
ich hab dich nie verarscht. und es tut unendlich weh,
das noch von dir zu lesen.
ich heule wie ein Schloßhund.
vielleicht sind wir uns einfach zu ähnlich.
ich hab keine Ahnung.

Mit Dir zu frühstücken, ist etwas
Wunderbares! Neben Dir einschlafen und
morgens meinen Augen nicht trauen, daß
Du neben mir liegst! – Dich anfassen,
streicheln! - mich auf dem Fahrrad nach
Dir umdrehen, wenn Du am Küchenfenster
stehst… - elf Küsse!
Dich zu erleben, wenn Du einen Raum
füllst, Deine offenen Arme, Deine
Augen, Dein Lachen, Deine Hand in

meiner, Deine zarten Brüste, Deine
Tränen... All diese Dinge leben in mir,
sind Teil meiner Welt. Ich mag mit
ihnen leben! Die Zeit mit Dir immer ein
Geschenk! Nächte ohne Dich sind kalt!
Mit Dir habe ich nur vier oder fünf
erlebt! Die anderen allein im
Schlafsack im Gewächshaus!
Ich hätte gern mit Dir eine Wohnung für
uns gesucht, daß wir zusammen leben
können. Die Kinder wären mit uns
glücklich gewesen!
Du wolltest mich heiraten – ich war
platt, konnte es nicht glauben, es war
traumhaft mit Dir!
Zwei Tage später war alles vergessen,
ich glaubte echt, sterben zu müssen!
Von da an wußte ich, daß unsere Tage
gezählt waren! - und Du sprachst von
Liebe, die ewig hält…
Neun von zehn Nächten war ich allein –
ich lag in meinem Schlafsack und
heulte, mein Herz zerbrach in jeder
Nacht ein bißchen mehr!
Ich mochte nicht länger eine Affäre
bleiben, die die Lücken während Deiner
Tochter Abwesenheit oder Deiner Arbeit
füllt!

Deine Abschiedsmail - warum schreibst
Du solchen Unsinn, den Du mir nie ins
Gesicht sagen könntest? Du hast einfach
nur Angst, Dich wieder zu binden!
Versuchst, so zu tun, als könntest Du
alles ungeschehen machen, aber ich bin
in Deinem Herzen, was tust Du Dir an?
Es ist doch Dein eigenes Herz, das Du
fürchtest! Du hast es seit Jahren
eingesperrt und tröstest Dich mit
Tochter und Pferd darüber hinweg, daß
der Platz an Deiner Seite leer
geblieben ist, seit Dein Mann Dich
verlassen hat.
Du Schloßhund! Wenn Du mich nicht
verarscht hast, dann verarschst Du Dich
aber selbst mit jeder Träne, die Du
meinetwegen vergießt, ich hatte doch
nie eine Chance!

Ach lieber Mann.
Link http://youtu.be/BXJcBXkGnHY *(Marlon
Roudette: "New Age")*

...schön für Dich!
Ich hab nicht einmal Lust, die Zeit mit
Dir zu vergessen, ich mag die alten

Wege, mit Dir waren sie voller neuer
Farbe.
Träum Du nur von den einfachen Dingen!
Schade ist nur, daß Du noch immer
versuchst, zu verletzen, zu zerstören.
Ich bin nicht gegangen, weil ich Dich
nicht mag.
Ich bin gegangen weil ich nicht mit
ansehen konnte, wie Du alles
zertrittst, was MIR wertvoll erscheint.

Träum Du nur von den einfachen Dingen!
Du bist kompliziert, unendlich komplex,
facettenreich schön und manchmal auch
häßlich, wenn Du redest - genau deshalb
liebe ich Dich!
Träum Du nur von den einfachen Dingen!

lieber Mann,

die Zeit mit Dir war die schönste, die ich erlebt habe
und ich bin Dir sehr dankbar dafür.
So nicht von dieser Welt.
Wir hätten nur in einer Seifenblase funktioniert. Du
und ich. Sonst - Nichts.
ich bin sehr glücklich, wenn ich an Dich denke und
das beflügelt mich tagtäglich.

Ich träume nicht von den einfachen Dingen.
Ich träume von Dir.
ich liebe Dich.

Versuch einer Realität

*„I hate reality but it´s still the best place
to get a good steak."*

Woody Allen

*Der folgende Brief wurde auf handgeschöpftem
Papier mit einer echten Schwanenfeder und
Tinte geschrieben.*

Du warst für mich DIE Frau, vom ersten
Augenblick an...

Es ist so selten, daß zwei Menschen die
sich einander so ähneln wie wir, sich
begegnen! Du warst wie ein Engel für
mich, wenn Du mich berührtest, wurde
die Welt still – man konnte ihren Atem
hören! Deine Tränen, Deine Zärtlichkeit
und Sanftheit haben mich verzaubert!

Du bist so unendlich schön, wenn Du
liebst!
Mein ganzes Leben habe ich von so einer
Liebe geträumt - eine andere möchte ich
nicht!
- Und Du bist meine Liebe,
Mondprinzessin, seit ich Dich kenne,
träum ich jeden Tag davon, Dich in
meinen Armen zu halten, Dich zu küssen,
mich in Deinen Augen zu sehen, Deine
Arme und Küsse zu fühlen und Dich sagen
hören: „Laß uns heiraten!", und Du es
auch so meinst! Keine leeren
Versprechungen mehr, keine Lügen mehr!
- und endlich ein JA! Ich wäre gern
Dein Hauptgewinn - der, der Dich
endgültig verzaubert hat! – für Immer!
Schmetterling, kriech aus Deinem Kokon!
Lüfte Dein Herz, sag ja zu Deiner Liebe
und entfalte Deine zerknitterten Flügel
– sie tragen bestimmt noch! Ich warte
auf Dich!
Daß wir alle als Familie Weihnachten
zusammen feiern, ist, was ich mir in
diesem Jahr für uns am meisten
gewünscht hatte!
Ich mochte mit Dir ein Zuhause für die
zärtlichste Liebe der Welt! Ein Zuhause

für Träume, mit viel Raum für Tanzen,
Fröhlichkeit, gemeinsam Kochen und
Kunst!
Ein Zuhause, in dem Freunde willkommen
und unsere Kinder zusammen toben
können.
Als Du mich - noch ganz am Anfang -
fragtest, was ich möchte, sagte ich
Dir, daß ich mit Dir leben, und möchte,
daß Du meine Frau bist. Du antwortetest
damals, das einzige, was Du möchtest,
sei Dein Pferd. Als ich fragte, ob Dir
klar sei, daß ich dann gehen würde,
ließest Du mich gehen.
Aber die Liebe wuchs in Dir, sie wurde
so groß, daß sie sogar über Deine
Lippen floß.
Es wuchs eine großartige Liebe in uns,
fand keinen Halt, wuchs in den Mond,
übersäte die Welt mit einem Meer von
Sternen...
Wir haben uns dabei verzaubert,
verletzt, weh getan, haben Tränen
vergossen, Tränen des Glücks und des
Schmerzes, haben getrauert, gehofft,
einander verziehen. Sind auseinander
gerannt und konnten doch voneinander
nicht lassen. Und wir haben gehaßt,

verachtet, sind uns aus dem Weg
gegangen, haben versucht, einander zu
ignorieren und zu vergessen - ich habe
immer darauf gewartet, daß Du Dir einen
Ruck gibst und sagst: lebe mit mir,
werde mein Mann.
Und genau das Alles ist es doch, was
eine große Liebe ausmacht! Sehnsucht
und Zerstörung, die beiden Seiten des
Mondes - und wir sind doch Mondkinder?!
Am Ende ist es wichtig, was aus der
Liebe wird, was nach all den Tränen und
Träumen bleibt, ob sie uns mutiger oder
verzagter macht. Und genau das ist es,
was eine Liebe will: daß wir immer
wieder den Mut haben, ja zu ihr zu
sagen. Wenn Du mich heute wieder fragen
würdest, bekämst Du die gleiche
Antwort: Ja, ich möchte immer noch mit
Dir leben, ich will, daß Du meine Frau
bist!
Du scheinst in Deiner Welt, in der kein
Platz für unsere Liebe ist, zufrieden
zu sein, nichts scheint Dir zu fehlen -
ob das beneidens- oder bedauernswert
ist, mag die Zeit entscheiden. Aber es
ist schon eine sehr besondere Liebe,
die Du nicht den Mut hast zu leben! Was

nutzt es, von der Liebe zu träumen,
wenn man nicht an sie glaubt?
Ich für meinen Teil hoffe, daß ich Dich
in meinem Herzen behalte, nichts von
Dir vergesse! Nicht Deine Art, Deine
Kraft, Deine Verletzbarkeit, Deine
Augen (und natürlich den süßesten Po,
den ich kenne).
Du hast mich verändert - und so möchte
ich gern bleiben!

August 2013

Realität

Als Tofu den Brief erhält, starrt sie ihn fassungslos an, liest ihn wohl vier- oder fünfmal. Sie läßt Wasser einlaufen, zieht sich aus und steigt in die Wanne. Unter schluchzenden Tränen zerreißt sie den Brief Stück für Stück und wirft ihn in den brennenden Aschenbecher. Noch Stunden später fließen ihre Tränen in das Badewasser.

Sie hat ihm nicht mehr geschrieben, es war vorbei.

Anke

Schneeschmelze

Wie leicht ist es doch für dich,
hervorzuzaubern all die leisen Tränen,
die schon verborgen im Schleier neuer Hoffnung.
Zerreißt die Spinnweben – um was zu erblicken?
Liebe oder Schmerz?

Ist es Schmerz, den Du zu sähen suchst,
werd ich die Tränen trocknen mit der Hand,
ein Lächeln zaubern und mit tränenschönen Augen
auf den Frühling warten, der da lauert
unter dünnem Schnee.

Ist es Liebe, die du suchst,
werd ich erneut mein Haupt Dir senken,
werde mein Herz Dir öffnen wie einen Garten,
daß Du darin träumend tanzt
und mit Deinen Händen all die kleinen Kostbarkeiten
verstreust und pflanzt.

Zeitdiebe

Hatte mir oft schon gewünscht, dass in schönen Augenblicken die Zeit stehen bleibt, einfach anhält! Manchmal ist es ein flüchtiger Blick auf der Straße, ein Lächeln, fremd, bezaubernd, ein winziger Tupfer, ein kurzes Innehalten der Zeit, nicht länger als ein Blütenblatt zu Boden fällt. In solchen Momenten scheint die Zeit verlangsamt - ein Augenblick des Vergessens, des Schwebens, ein Klang, der in uns weiter schwingt - manchmal noch Stunden später. Der wieder auftaucht wenn wir nachts erwachen, um erneut ein Lächeln in uns zu zaubern, wie ein flüchtiger Kuß des Himmels, eine Berührung der Sterne!

Habe nur ich das erlebt? Ging es dem Anderen auch so? Sind sich zwei Seelen begegnet oder ist es nur eine übersteigerte Phantasie, deren Bilder und Kobolde uns schon so oft zu Narren machte? Kann es sein, dass uns ein Anderer so tief berührt, so viel in uns bewegt und wir nur ein nicht wahrgenommener

Hauch für ihn sind? Oder ist es eine bedeutungslose Geste, eine Laune des Schicksals, welchem wir nur zu bereitwillig zugestehen, uns gemeint zu haben?

Mit Zebra blieb die Zeit stehen! Keine Ahnung, wie wir das anstellten! Ich sagte einfach: "Komm, lass dich in den Arm nehmen", oder sie bat: "Nimm mich mal in den Arm". Alles war ohne Scheu, so einfach, so selbstverständlich. Wir hielten uns fest mit einer Vertrautheit, einer Nähe - es gab nur uns, alles andere löste sich auf! Erst schien sie langsamer zu werden, die Geräusche verstummten, es war kein Du mehr, kein Ich! Die Zeit hielt an! Nichts geschah mehr, außer uns! Die Welt hielt den Atem an. Das ganze Universum hielt inne, als hätte es all seine Zeit, all die Äonen von Jahren auf jenen Moment gewartet.

Nur das Herz schlug noch, unüberhörbar, unendlich toste es und ließ die drei Worte verstummen, die von so weit her zu kommen schienen.

Immer wenn wir uns umarmten, blieb die Zeit stehen. Wir hielten einfach die Zeit an und niemand schien etwas zu bemerken! Wir besaßen die Macht, die Zeit anzuhalten und keiner schöpfte Verdacht! Wir waren so etwas wie Zeitguerilla, Zeitpiraten, waren Zeitdiebe, stahlen uns die Zeit der Welt!

122

Wieviel Zeit konnten wir anhalten? Jedes Mal ein wenig mehr! Wir versuchten, es auszudehnen, trainierten uns, wurden besser! Wir waren die "Zeit-Bande" - unentdeckt und mächtig kontrollierten wir mit unserer Umarmung die Zeit! Die Welt stand still, wenn wir es wollten!

Wir hatten ein Geheimnis! Wir hüteten es, tauschten sonst nur verstohlene Blicke. Kicherten in uns hinein. Zebra lachte unglaublich viel in dieser Zeit, fast schienen ihre Mundwinkel gar nicht mehr herunter zu wollen. Wenn sie lachte, lachte ihr ganzes Gesicht: der Mund, ihre Augen, alles strahlte!

Ich hätte platzen können, war übermütig und frech. Ich sehnte mich nach ihr, verzehrte mich – litt, war verzweifelt - meist aber unglaublich glücklich!

Ich erinnere mich noch genau, wie es begonnen hatte! Wir kannten uns schon eine Weile; ein, zwei Jahre oder so, vielleicht auch mehr. Es war das erste Mal, dass wir zusammen essen waren, mittags in einer Suppenbar auf dem Eine-Straßenbahn-fährt-vorbei-Weg. Nach etwa einer Stunde gemeinsamen Essens und Plapperns, standen wir wieder auf der Straße und umarmten uns zum Abschied. Das erste Mal, daß ich sie in den Armen hielt! Es waren nur etwa vier oder fünf Sekunden. Sie fühlte sich seltsam vertraut an, ich kannte dieses Gefühl, wußte aber nicht, woher. Ich war verwirrt, es war, als hätte ich sie schon einmal in den Armen gehalten – vor unendlich langer Zeit!

Stunden später noch fühlte ich die Berührung, die Verwirrung blieb.

Wir sahen uns in dieser Zeit nicht allzu häufig. Anfangs noch selten, später jedoch immer häufiger tauchte die Erinnerung an unsere Umarmung auf, die Verwirrtheit kehrte wieder, zusammen mit diesem unbeschreiblichen Gefühl der Vertrautheit.

Es war mächtig, wuchs, nahm Besitz von mir. Immer häufiger wurden die Gedanken an Zebra, die Erinnerung brachte ihren Körper zurück, meine Hände an ihren Hüften, ihre Wärme, der Klang ihrer Stimme. So real, so beängstigend! Die Zeit verlor Bedeutung, wenn ich an sie dachte.

Hatte ich mich verknallt? So ein Quatsch! Zebra war verheiratet, schon eine halbe Ewigkeit. Ich kannte Pinocchio, ihren Mann, mochte ihn.

Dennoch konnte ich nichts dagegen tun. Sobald ich die Augen schloss, träumte, war sie da und mit ihr die Umarmung. Ich konnte sie spüren, ihren Körper, ihren Duft, ihre Haut, ihre Wärme. Ich fand, dass ich spinne, dass ich langsam verrückt werde. Verbot mir Gedanken und Bilder - es half nichts! Es war ein Sog, ein Taumel. Es zog mich mit sich fort, hielt mich gefangen. Ich sehnte mich nach ihr, war verliebt in ihr Fahrrad, in ihre Kinder...

Parallel dazu wurden unsere Umarmungen häufiger, wenn wir uns sahen, wenn wir uns verabschiedeten. Sie schrieb mir eine SMS, dass sie mich in Gedanken umarme und sich auf die nächste freue!

Ab und an, wenn ihre Zeit es zuließ, verabredeten wir uns zum Kaffee, mal bei ihr zu Hause, mal im Cafe. Wir freuten uns beide auf unsere Umarmung, auch sie schien manchmal darauf zu warten. Wir hielten uns in den Armen und ließen die Zeit stehen, stiegen aus aus Hier und Jetzt. Ich fühlte, daß es dieser Moment ist für den ich lebe, daß es der Moment ist, für den wir leben! Vielleicht entsteht ja Zeit erst aus der Abwesenheit solcher Momente: Kindheit ist lang, hat Zeit, gefüllt von Umarmungen und Nähe!

Unvergessen der Moment, als wir von A nach B gingen, als sie mich unvermittelt bat, sie auf der Straße zu umarmen. Ich nahm sie in den Arm, spürte ihren Körper, ihr Herz. Ich liebte sie! Da war auch der unendliche Schmerz, die Sehnsucht. Ich wollte, daß dieser Moment niemals endet. Ich wollte sie nicht mehr loslassen, hatte Angst, kämpfte mit den Tränen.

Ich war verloren, völlig am Arsch! Am Tag, nachts - wenn ich sie sah! Am schlimmsten trieb es der Vollmond mit mir! Der alte vertrocknete Sack machte mich zum Werwolf! Es war nicht auszuhalten! Wäre ich Christ gewesen, hätte mich das Gebot "du sollst nicht eines anderen Weib begehren" für alle Ewigkeit in die Hölle verbannt! Gern hätte ich es auf mich genommen! Litt ich doch so schon Höllenqualen! Ab und an schrieb ich ihr lange Briefe auf Papier, von denen ich nicht einen abschickte. Aber in der Zeit, in der ich schrieb, war sie mir nahe.

In einer SMS gestand sie mir, sie könne bei Vollmond auch nicht schlafen und würde an mich denken! Irgendwann werde ich mal auf das alte Bleichgesicht pinkeln! Wie oft hat er sich schon rot gefärbt von dem Blut liebeskranker Herzen! Kahlköpfig, kalt und grausam vermag er nur Liebe und Tod an sein kaltes Licht zu bringen! Kalte Liebe voller Schmerz! Saugt das Blut aus den Herzen unerfüllter Sehnsucht!

Wie lange das so ging, weiß ich nicht mehr! Waren es ein oder zwei Jahre? Irgendwann im Frühling 13 lernte ich Tofu kennen. Liebe auf den ersten Blick! Sie war eine Schlange, ein Chamäleon, eine Katze, ein Schmetterling. Der Vollmond war ihr Verbündeter. Blutrot und grausam nahmen sie mich in ihren Bann.

126

Ich liebte sie wie ein Wahnsinniger. Und sie? - Sie war die Boshaftigkeit in ihrem verführerischsten Antlitz! In ihren Armen wollte ich sterben, vor Glück, vor Schmerz. Ich war ihr Gefangener, das Bett wurde zum Sportplatz. Ich genoss es und hoffte, Zebra zu vergessen. Ich liebte Tofu! Sie und ihre kleine Tochter hatten es mir angetan, ich träumte vom gemeinsamen Leben, wohnen, arbeiten. Sie malte, ich wollte schreiben. Sie hatte mich verzaubert - so wollte ich das Leben, die Liebe genießen, bis ans Ende meiner Tage!

Ich hatte gehofft, die unerreichbare Fata Morgana meiner Sehnsucht nach dieser verheirateten Frau mit meiner Liebe zu Tofu auslöschen zu können. Aber sie ließ sich nicht vergessen, tauchte zunächst wie ein flackerndes Störbild in meinen Träumen auf, bei Umarmungen, beim Sex - ich verstand die Welt nicht mehr! Was ging mich Zebra an, was wollte ich von ihr? War sie doch unerreichbar für mich!

Als Tofu mich in ihrer giftigen Grausamkeit zweieinhalb Monate später fallen ließ - ich war am Boden zerstört und hatte außerdem das Gefühl, Zebra betrogen zu haben - es fühlte sich wie Verrat an. Ich fühlte mich schuldig als wäre ich fremdgegangen, hätte sie hintergangen.

Zebra schien von all dem nichts zu merken, war freundlich wie immer. Ahnte sie denn nicht, wie sehr ich sie liebte? Wir plauderten und umarmten uns. Und jedes Mal blieb die Zeit stehen, hielt das Universum wieder den Atem an, als wartete es, wartete auf ein Ja, auf ein Ich liebe Dich. Wie einsam muß es doch sein, wieviel Sehnsucht und Schmerz in sich tragen, bei so viel verlorener Momente. Hören eines Tages die Sterne auf zu funkeln, wenn niemand mehr den Mut hat zu lieben? Ich liebte Zebra, es fühlte sich richtig an! Da waren auch die Vertrautheit und der Schmerz, die Wärme und die Angst alles zu zerstören, die mir meine Stimme versagten. Armes Herz.

Sie kam jetzt öfter zu mir. Ich besuchte sie nicht mehr so häufig, da ich den Schuhkarton, in dem sie jetzt lebten, nicht mochte. Hatte noch beim Umzug und beim Malern geholfen.

Manchmal kam sie mit ihrem Sohn, den sie mir gegenüber immer Dein-kleiner-Freund nannte. Häufiger jedoch kam sie allein. Wenn wir über die Wiesen liefen, in dieser Landschaft, die keine Zeit kennt, deren sanfte Hügel zu atmen scheinen, und auf schattigen Waldwegen über Alles plauderten, schlug mein Herz so heftig, ich wollte sie in den Arm nehmen, nicht mehr loslassen, mit ihr schlafen. Ich sehnte mich nach ihrem Körper, nach ihrer Liebe.

Neun Monate hielt ich es noch aus, dann schrieb ich ihr, dass ich sie nicht wiedersehen möchte, brach jeden Kontakt ab. Ich wollte sie vergessen!

Seitdem ist mehr als ein Jahr vergangen. Die Schwalben bauten ihr spätes Nest und flogen mit dem Sommer davon. Ich habe Zebra nicht ein einziges Mal wiedergesehen. Vergessen konnte ich sie nicht!

Eines habe ich inzwischen gelernt: Der Vollmond nährt nur unsere Sehnsucht, nicht die Liebe! Nicht sie ist es, die uns blind macht, die Sehnsucht ist es, die den Blick verzerrt. Es ist wie Hunger! Hunger ist Sehnsucht nach Essen. Nur Essen macht satt, nicht die Sehnsucht danach! Dauernder Hunger verzehrt den Körper, dauernde Sehnsucht trocknet das Herz aus. Wir sind magersüchtig geworden, magersüchtig am Herzen! Wir haben ständig Sehnsucht, schlingen Begegnungen im Eiltempo hinunter und würgen die unverdaute Realität wieder heraus, noch bevor wir satt geworden sind. Ein Freund sagt, es fehlt der Mangel an Bereitschaft, die Verantwortung für eine Beziehung zu übernehmen. Die Gesellschaft entlässt uns bereitwillig aus dieser Verantwortung, indem sie uns auf unsere individuellen Bedürfnisse reduziert.

Wo der Mut zur Liebe fehlt, ist es kalt und wir flüchten uns in die virtuelle Welt unserer Erinnerungen und

Träume. Lieber noch zehn Freunde mehr, mit denen wir wunderbar sorglos über die Probleme der Welt plaudern können, als einen einzigen Streitbaren, mit dem wir auch unsere Tränen teilen.

Wir lernen die kleinen Dinge des Lebens schätzen und lieben unsere Kinder mehr als uns selbst. Auch ihnen nehmen wir schon alle Last von ihren schmalen Schultern und freuen uns, wenn sie - noch lange bevor Kindheit endet - bereits so sind wie wir.

Die Erinnerung an Zebra, an unsere Umarmung sind bis heute nicht verblasst. Auch heute fühlt sich diese Liebe noch richtig an. Diese Liebe, die so langsam wuchs und durch alle Zeit hindurch immer noch Blüten trägt.

Und immer noch bleibt, wenn ich an sie denke, für einen Moment, einen Augenblick, nicht länger als ein Blütenblatt zu Boden fällt, die Zeit stehen.

Hat sie je geahnt, was ich für sie empfinde? Hat sie geahnt, warum ich sie nicht wiedersehen wollte?

Zuckerschnute mit Frikassee

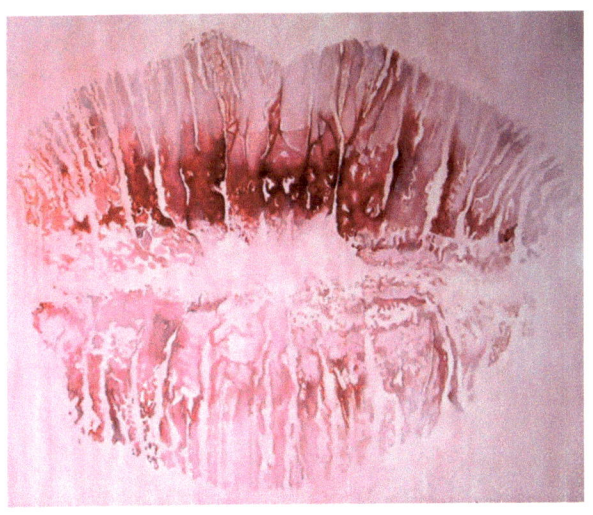

14 Sonette

für Steff
November 2002

Valentinsnacht

Als Du noch auf weichen Füßen liefst
mit hellen Augen engelsgleich
mit Deinem Feenhaar an meiner Seite schliefst
mein Gott wie war'n wir reich

Auf den Scherben alter Liebe
sahen wir uns an
umschlichen uns wie Diebe
in Zeit, die nie verrann

Du sprachst von Deinem Schmerz
von meinen Träumen erzählt ich Dir
in den Händen hielt ich Dein blutig Herz
so kannst Du zu mir

Ach Dein süßer Zuckermund
ich vermiss ihn sehr zu dieser Stund

Dich zu beschreiben

üppig rot gemalt der Mund
die Lippen voller Lüste
über Deinem Herzen weich und rund
aus hellem Mondenlicht die Brüste

die Male fein gesetzt von Meisterhand
ihre Farbe nur ein zarter Hauch
dein Nacken fast zu schön für den Verstand
so gab ein sanftes Beben Dir den Bauch

Dein Schoß aus Duft von heißem Glühen
gemalt von purer Leidenschaft
ließ die Wangen Dir erblühen
gab Dir der Liebe Kraft

in Deinen Augen war der Tag so klar
wie der Frühlingswind verspielt im goldenen Haar

Erwachen

die Schatten der Nacht noch nicht verflogen
das Bett ist noch zerwühlt
es erinnert noch an alles Wogen
in denen meine Stirne sich gekühlt

nun trägst Du wieder Deine Sachen
ich schau zu Deinem Mund
so ziert ihn jetzt ein Lachen
ich liebe diese Stund'

mag Dich jetzt wohl gehen lassen
schaue Dir noch nach
will nochmal Deine Hände fassen
noch gibt es kein Danach

werden wir uns wiedersehen
ich weiß - Du mußt jetzt gehen

Penthesilea

von oben her schaust Du herab
schon abgewandt - bist Du im Gehen
schaust Du auf des Liebsten Grab
kannst es selbst noch nicht verstehen

schön bist Du die Haare hochgesteckt
vertrautest einst dem Nacken seine Küsse an
wie zart Du warst hat er's entdeckt
wie leicht er Dich verletzen kann

Jetzt glaubst Du an die Liebe wohl nicht mehr
sie war doch einst Dein höchstes Ziel
stößt sie weg, wie eine Last so schwer
treibst Dich um im nächtlichen Gewühl

er war bereit, gab Dir sein Wort
erschlugst Du seine Liebe in Gedanken so weit fort

Buridans Tochter

ach wärst Du nur ein Engel aus dem Himmelszelt
der Liebe Gottes schönste Dienerin
hätt' ich gebeugt mein stolzes Haupt der Welt
nach höchster Tugend stände mir der Sinn

wärst Du ein Teufel aus des Hades tiefstem Ort
in Deinen Armen hätt ich Dir geschworen
von Deinen Lippen trinkend bin ich bereit zum Mord
voll Lust und Schmerz wär ich in Dir verloren

himmlisch Teufel meiner Lust
zarter Engel voll der schönsten Triebe
zerreißt der Schmerz auch meine Brust
gesteh' ich meine Liebe

oder war es daß beides Du konntest garnicht sein
und mich trügte nur des Wunsches mächt'ger Schein

wie gern würd' ich jetzt in Deinen Armen liegen
Deine Wangen küssen und den Hals
Du würdest Deinen Körper an mich schmiegen
unsre Kräfte so zu spüren war unsrer Liebe Salz

mit sanften Lippen würd' ich Deine Brüste fassen
mit zarter Zunge um die Spitzen lecken
nur für Deinen warmen Schoß konnt' ich sie lassen
um die höchste Lust in Dir zu wecken

an Deinen Hüften meine Hände
zu schmecken Deinen Schweiß
zu spüren aller Welten Ende
ist die höchste Lust um die ich weiß

da wir nach allem Sterben neu geboren werden doch
zum Schluß
auf die schönsten Lippen einen Kuß

Undine

bin wieder aufgetaucht aus dunkler Flut
kann noch nicht sehn mit Augen tränenschwer
in meinen Adern ist noch Blut
wünscht' ich doch diesen Tod so sehr

wollt ein letztes Mal zerfließen
mich geben ganz und gar
in Deine Arme mich ergießen
alles zu vergessen was mal war

mochte nur an Deiner Seite liegen
zu vergessen aller Welten Pein
mit geschlossenen Augen Deine Flügel lieben
solltest meine Insel sein

fremde Stimmen raunen Dir geht's gut
doch an Deinem Herzen klebt mein Blut

eine Zeit erschienst Du mir engelsgleich
versuchte alle Schmerzen von Dir abzuwenden
legte meine Panzer nieder war so weich
so dacht' ich könnt der Himmel sich vollenden

umschlichst mich dann mit Ungeduld
entdecktest suchend meine Waffen
sie zu besitzen, war für Dich schon Schuld
so starb unser Lachen

so rissen Deine Wunden auf
nichts war mehr gut noch teuer
konnt nicht stoppen Deiner Tränen Lauf
warst so besessen von des Zweifels Ungeheuer

im Stillen hab ich oft gefleht
daß Dein tiefer Schmerz durch mich vergeht

Feenwunsch

mit den Armen möcht' ich in den Himmel fassen
lachend Tränen aus den Augen wischen
all der Dumpfheit einen Hieb verpassen
ließe sie sich nur erwischen

möcht' die alte Erde brechen
öffnen ihr den warmen Bauch
würd' mich an der Kälte rächen
mit des Lebens warmem Hauch

mit gekonnter Zauberhand
würd' ich in die Herzen Sterne säen
möcht' zerstören jene Wand
weshalb die Menschen mich nicht sehen

zieht's mich zu schönen Orten oft auch hin
geboren bin ich doch als Kriegerin

Osterspaziergang

der Frühling ließ sein blaues Band
wieder flattern durch die Lüfte
uns schon nichts mehr verband
als die Gemeinsamkeit der Lüste

sinnlich war des Frühlings Hauch
Dein Höschen war von weißer Spitze
so küßt ich Deinen Bauch
auf des Autos Sitze

die Sonne war schon warm
wir aßen Pflaumenkuchen
manchmal faßt ich Deinen Arm
wollt eine Reise buchen

ich weiß nicht mal mehr wohin
doch nach jenen Stunden fliehet oft mein Sinn

November

schließ die Augen, nur um Dich zu sehen
hab Dich so oft erfleht
ich mag noch nicht auf unseren Wegen gehen
und hoffe doch daß dies vergeht

ich suche Dein Gesicht
und seh Dich überall
ich weiß, Du bist es nicht
fremde Menschen nur Dein Hall

ich wünsch Dich oft weit fort
denk nicht daß ich Dich hasse
mit Dir ist so leer der Ort
wie auch die zweite Tasse

ich hab nur Angst um mich
wenn fremde Arme legen sich um Dich

cryonic garden

eines Tages wird es sein
ist unsre Liebe nur ein Schimmer
ein Stich vielleicht nur noch ganz klein
glaubten wir doch es sei für immer

mit den Herzen bauten wir ein Haus
sogar mit Kindern, es wären drei
die Freunde gingen ein und aus
bis ans Ende lieben wollten wir uns zwei

Deine Lippen rot verschmiert
von den wilden Küssen
das Make-up total zerkliert
in endlos Tränenflüssen

vergessen werd' ich Deine Zuckerschnute
der Gedanke noch ersticket mich im Tränenblute

möcht' mit Dir leben können
weiß ich auch nicht wie
auf ein immer neues Morgen brennen
voll Widerstreit und Poesie

Deine schönen Zauberhände
es riecht nach Terpentin
zaubern Blüten an die Wände
voll der Liebe glühen

ich mag Deinen Erdbeermund
und sein schönes Lachen
zu küssen Deiner Brüste rund
bei überall verstreuten Sachen

könnt ich die Tränen nur besiegen
samt all den Narben von den Kriegen

Ophelia

ringsum Wasser kühlet jetzt mein Blut
noch höre ich sein feines Rauschen
Tränen erstickten verlorener Träume Wut
blinden Auges mag ich Deiner Stimme lauschen

ach ist's daß wir nach allem wirklich neu geboren werden
in diese blasse Welt
werd' ich erneut in Deinen Augen sterben
solch Liebe bitterer Qual ich nie bestellt

so wünscht' ich jetzt, daß dieses Sterben endlos wäre
möcht' meine Arme breiten
auf daß ich nimmer wiederkehre
geborgen bleib in dunklen Weiten

hoch oben seh' ich Vögel ziehen
ob jetzt noch die blauen Blumen blühen

Bildnachweis:

Seite 117, Umschlagseite
Sabine Vittinghoff
- Anke, 12.11.91

Seite 133
Steffi Weigel
- big taste of happiness (2000),
  ca.130 x 145 cm / oil on canvas

Umschlaggestaltung:
Caro-Maria Roericht, Frank Lohmann, Dresden